A Fábrica

Hiroko Oyamada

A Fábrica

tradução
Jefferson José Teixeira

todavia

A Fábrica era cinza e um odor de pássaros exalou assim que abri a porta da sala no subsolo. "Boa tarde. Tenho uma entrevista marcada para as duas horas." Abaixo da placa, na qual se lia "RECEPÇÃO DO SETOR DE IMPRESSÃO", bem ao lado da porta aberta do primeiro subsolo, estava sentada uma mulher corpulenta de meia-idade. Ela assentiu sem sequer olhar para o meu rosto, ergueu o gancho do telefone e pressionou os botões do ramal. O batom em seus lábios tinha falhas em alguns pontos. "O responsável está vindo", informou. Tão logo ela disse isso, apareceu um homem de meia-idade trajando terno, de rosto retangular, bem moreno. Estava tão perto que ela nem precisaria ter usado o telefone. O homem tinha em mãos o envelope impresso com os dizeres "Contém currículo" que eu enviara pelos correios, anexando ao CV algumas folhas em que descrevia meu histórico profissional. "Sou Goto, do Anexo do Setor de Impressão. Obrigado por ter vindo." "Meu nome é Ushiyama. Agradeço por me receber." Seu rosto era embaciado, seus olhos, turvos. O branco dos olhos, amarelado, tornava ambígua a fronteira com a íris preta. Estaria bêbado? Ou os quadros intermediários da Fábrica seriam compelidos a um trabalho tão árduo que seu semblante acabaria se tornando apático, desmotivado?

A sala de visitas na qual Goto me convidou a entrar não passava de um espaço separado do restante do andar por uma divisória, bem ao lado da porta, em frente à recepção. Sentei-me no sofá de dois lugares de couro preto e ajeitei sobre ele minha bolsa de couro sintético, companheira inseparável nas entrevistas de emprego. "Meu nome é Yoshiko Ushiyama. Obrigada por me receber." Praticamente repeti o que dissera antes e nesse momento percebi como o subsolo era barulhento. Podiam-se ouvir não apenas vozes conversando, sons de telefones e outros, como também o ruído incessante das máquinas. "É um prazer tê-la conosco. Por favor, fique à vontade. Se me permitir, gostaria de pautar nossa conversa pelo seu currículo." Goto abriu meu CV. "Yoshiko Ushiyama. Um sobrenome incomum, não? Não havia antigamente uma certa Mei Ushiyama? Você a conhece?" "Desculpe, desconheço quem seja." Goto começou a contar em voz alta: uma, duas... "Então esta seria a sua sexta?" Desde minha formatura na universidade, me demiti de cinco empresas. Os campos de histórico escolar e profissional em meu CV estão preenchidos até o limite, e acabei anexando um relatório detalhado das funções que ocupei em cada emprego em três folhas de papel tamanho A4. Basta ver as datas de admissão e desligamento para entender que nunca permaneci mais de um ano na mesma empresa. Eu me demiti de todas depois de trabalhar nelas de seis a dez meses. "Sinto muito por isso, mas em cada caso houve um motivo." "Faltou afinidade! Faço um monte de entrevistas e entro em contato com muitos jovens procurando seu primeiro emprego, mas trabalho é também uma questão de afinidade. Se ela não existir entre o funcionário e a empresa, por mais que haja um esforço mútuo, a relação não perdura. Há pessoas assim. Bem, que me diz de fazer uma apresentação pessoal e explicar o que a motivou a se candidatar à vaga?" "Sim, claro. Eu me formei em letras. Meu tema de pesquisa foi a linguística japonesa, ou seja, a linguagem usada pelos seres humanos para se comunicar. Conforme fui aprendendo sobre ela, despertou em mim um enorme interesse pela linguagem empregada nas mídias impressas. Tenho particular curiosidade em saber quais tipos de expressões e de estruturas sintáticas são os mais usados, as palavras e sentenças mais apropriadas a essa mídia e que efeitos provocam. Desejo usar essa experiência para trabalhar com a criação de mídias impressas, motivo de estar me candidatando a uma vaga em sua empresa. Desde pequena tive a oportunidade de ver muitos comerciais de TV e artigos de jornal sobre os produtos da Fábrica e gostaria de trabalhar nessa área criando mídias capazes de divulgar à sociedade o reconhecido alto nível técnico e ético da Fábrica. Desde já agradeço por esta oportunidade."

"Sim, sim", replicou ele.

Não era a minha primeira vez na Fábrica. Em uma excursão da aula de educação cívica na escola primária, guiados por uma mulher trajando um uniforme parecido com o das comissárias de bordo e portando um pequeno chapéu, fizemos um tour pelas instalações, incluindo o museu. Recebi de lembrança um estojo de pano com duas canetas e uma lapiseira, além de alguns biscoitos no formato de enciclopédia, carro ou estojo de maquiagem, tudo acondicionado em uma caixa com a foto da Fábrica impressa. O formato dos biscoitos variava de aluno para aluno: casas, torres de ferro, dinossauros, o rosto de uma menina, entre outros. Na época, achei a Fábrica realmente enorme. Tive a impressão de que era do tamanho da Disneylândia. E os suvenires eram bons como os da Disney. Depois de descer do ônibus, enquanto nos deslocávamos até o prédio objeto da visita, muitos adultos caminhavam ao redor em trajes variados, como ternos, uniformes e jalecos. Olhando por entre eles, vislumbrei um monte de prédios, mas sem poder avistá-los em sua inteireza. Tampouco pude ver as montanhas que com certeza cercavam o distrito. Não importava onde estivéssemos nesse distrito, fosse na escola ou em uma loja de departamentos, estávamos cercados de montanhas por todos os lados, mas a Fábrica não tinha nada em volta, ao contrário, parecia estar rodeada por algo imenso e mais distante do que as montanhas.

Vendo-a de novo agora já adulta, constato que é imensa e ampla e os moradores da região sofrem incessantemente sua influência, sendo impossível ignorar sua existência de todo. Nas famílias de moradores antigos deste distrito sempre há alguém que trabalhou nela, em alguma de suas subsidiárias ou para um de seus clientes. Veículos comerciais com a logomarca da Fábrica ou de suas subsidiárias circulam pelo distrito, e os pais ciosos da educação dos filhos procuram convencê-los de como seria maravilhoso eles trabalharem nela um dia. Meus pais não tinham essa atitude conosco, e quando meu irmão se formou na universidade, foi trabalhar em uma empresa de pequeno porte localizada na região central do distrito, afastada da Fábrica, na qual passava os dias diante de um computador, mas no fim das contas seu empregador revelou ser nada mais do que uma subsidiária da Fábrica. Eu nunca fiz trabalhos relacionados à Fábrica. Ter trocado quatro vezes de emprego neste distrito e não ter trabalhado para ela uma vez sequer podem passar a impressão de que eu a estaria evitando, mas não foi bem assim. Até senti simpatia pela Fábrica quando fizemos a excursão da aula de educação cívica. Talvez, pelo contrário, eu tenha inconscientemente desistido dela por achar que um lugar grande e maravilhoso como aquele fosse demais para mim. Seja como for, agora estou pisando nela de novo. A oferta de emprego que inesperadamente surgiu diante dos meus olhos enquanto eu estava desempregada era, sem sombra de dúvida, da Fábrica. O CV que eu enviei sem muita expectativa se achava agora nas mãos de Goto. Meu irmão me dizia: “Sabe, mana, você não precisa contribuir com as despesas da casa”, mas parece que ele não tinha desistido de me ver trabalhando. Segurava nas mãos um anúncio possivelmente publicado pela agência estatal de empregos. “Você devia tentar este! Número limitado de funcionários efetivos para a Fábrica. Exige ensino superior completo."

Tive de explicar a Goto os motivos diretos de minhas demissões nas cinco empresas anteriores. Tentei encobrir um pouco cada caso, mas afinal de contas as circunstâncias eram semelhantes e a culpa era minha. Claro que meus empregadores também tiveram sua parcela de responsabilidade. Goto concordou várias vezes, dizendo "Compreendo" ou "Hum, de fato". Uma mulher corpulenta de meia-idade, diferente daquela na recepção, esta por sua vez com um batom brilhante, entrou avisando ter transferido uma ligação para ele: "Sr. Goto, o conselheiro na linha três". Eu achava que uma entrevista deveria acontecer em geral em uma sala separada, longe de outros funcionários, justamente para evitar esse tipo de interrupção, mas Goto se levantou do assento e saiu dizendo: "Espere um pouco, por favor". O cargo de conselheiro deve ser de alguma importância, portanto, se passam uma ligação, nada resta a fazer senão atender.

"Bem, srta. Ushiyama, que acha de ser uma funcionária temporária?", perguntou Goto ao voltar da ligação e sentar-se. "O anúncio que você tem agora em mãos é para efetiva. Aguarde um pouco que vou imprimir o de temporária e já volto." Fiquei perplexa, mas, mesmo me sentindo enganada, logo meu estado de espírito mudou e me veio algum alívio. Era bom demais para ser verdade. É impossível se tornar um funcionário efetivo na Fábrica apenas por ter se formado na universidade. É evidente que não sou o tipo de recurso humano atrativo a ponto de me empregarem depois de ter trabalhado em várias outras empresas e, mais do que isso, Goto estava sendo muito gentil comigo. Está escrito nos manuais de atividades de recrutamento que, quando o entrevistador se mostra muito gentil, geralmente é sinal de que a contratação será recusada ou que há algum impedimento. Por exemplo, o teor do anúncio muda de repente de funcionário efetivo para temporário ou algo assim. E era exatamente isso o que estava acontecendo.

"O local de trabalho é o mesmo de um funcionário efetivo, o Anexo do Setor de Impressão, mas em uma equipe diferente, a de Suporte Operacional, que agora está recrutando temporários para Assistente Operacional. O horário é bem flexível e a função não é nada complicada. Você trocou de emprego várias vezes no passado, dentro de breves intervalos de tempo. Pensando nisso e no objetivo a que você se referiu, a princípio acredito ser ideal trabalhar aqui por um período como temporária. O Anexo fica bem no fundo deste andar, depois a levarei até lá."

Esse "bem no fundo" soa meio sinistro, pensei involuntariamente. Não seria um setor reservado aos funcionários postos para escanteio? A folha que Goto trouxera tinha campos exatamente iguais aos de um funcionário efetivo, outros não. Os efetivos devem ter no mínimo grau universitário, mas não há exigência de diploma para os temporários. Constavam os respectivos salários-hora dos funcionários efetivos e dos temporários. O expediente dos efetivos era de segunda a sexta das nove da manhã às cinco da tarde (com possibilidade de jornada flexível), enquanto os temporários podiam escolher trabalhar de três a sete horas e meia diárias entre as nove da manhã e as cinco e meia da tarde (no mínimo duas vezes por semana, de segunda a sexta). Não pude calcular de imediato quanto eu receberia por mês com aquele salário e aquela jornada, mas com certeza não seria mais do que um funcionário efetivo ganhava. Se por um lado me senti desvalorizada, pelo menos seria empregada de alguma forma, o que significava que deveriam estar enxergando algo em mim. O que se via ali era a mudança de uma clara e concreta entrevista de recrutamento de funcionário efetivo para a incoerência de uma explicação sobre recrutamento de funcionário temporário. Em outras palavras, eu e Goto estávamos mais próximos de chegar a um entendimento. Decerto ali seria batido o martelo se eu trabalharia ou não na Fábrica. Se fosse como funcionária efetiva, eu agradeceria pela entrevista e voltaria para casa, e Goto, depois de discutir internamente com outras pessoas tendo meu CV à sua frente, me contataria dias depois para notificar o resultado, e se o caso avançasse, marcaria a entrevista seguinte ou a data dos testes. Porém, nas condições apresentadas no anúncio de recrutamento de funcionários temporários, estava claro que não havia necessidade de qualificações para se candidatar; o horário de trabalho era quase parecido com o de um mero bico, e, além disso, no descritivo da função indicavam que haveria trabalho em pé, logo era desnecessário gastar horas ou dias numa análise profunda. Bastava eu decidir se me contentaria e aceitaria de bom grado aquelas condições ou se declinaria. Mas seria apenas questão de se contentar e aceitá-las? Nos dias de hoje, mesmo sendo um emprego remunerado por hora, mesmo não sendo funcionária efetiva, mesmo sendo um trabalho braçal para o qual não se exige nenhuma experiência — o fato de aceitarem me contratar e de estarmos falando da Fábrica não seria motivo para eu sentir certo tipo de gratidão? "De que tipo de trabalho eu estaria encarregada, especificamente falando?" "Suporte às impressões." Imaginei que eu seria responsável por desembalar os papéis e acondicioná-los nas impressoras, substituir os toners vazios e outras tarefas similares.

O serviço a mim confiado foi o de destruir documentos usando uma fragmentadora. Em um local onde se alinhavam as máquinas, comumente denominado "Espaço das Fragmentadoras", situado no fundo do andar, eu passaria o dia a operá-las na qualidade de membro da chamada Equipe de Fragmentação. Se desejasse, poderia trabalhar ali sete horas e meia por dia.

Imaginei que os pássaros pretos fossem corvos, mas se assemelhavam mais a cormorões. Observando de cima da ponte, apesar de a beira d'água onde alguns deles se reuniam estar distante, pude perceber que estavam todos de costas para o mar, olhando na direção da Fábrica. Pude sentir também suas asas molhadas e brilhantes, dando a impressão de que, se eu agarrasse um deles pelo pescoço fino, uma tinta preta mancharia minhas mãos. O mar está muito próximo, as margens do rio são muito amplas e a área é provavelmente de água salobra. Cormorões poderiam viver em ambiente semelhante? Seriam cormorões de mar ou de rio? Enxuguei o suor da testa.

O *Walk Rally* consistia em um giro pela Fábrica, buscando a um só tempo ser um treinamento para os novos funcionários e uma forma de promover companheirismo. O grupo passou por diversos locais e quase ao entardecer do primeiro dia aproximou-se do lado sul da Fábrica, uma área de frente para o mar, após cruzar uma enorme ponte sobre o grande rio que divide as áreas norte e sul. A ponte tem duas faixas de carros em cada sentido com um caminho para pedestres de pelo menos cinco metros de largura. Durante o tempo em que o grupo a atravessou de uma ponta a outra, fomos ultrapassados por cinco ônibus, três caminhões carregando escavadeiras com pás no formato do pescoço dobrado de uma girafa, um caminhão betoneira, cinco veículos carregando equipamento pesado não identificado e algumas dezenas de carros de passeio.

Comecei a contar os carros de passeio, mas eram tantos que perdi a conta. Cerca de metade deles era igual: veículos para uso empresarial, cinza, com a logomarca da Fábrica. Havia jipes também. "Essa ponte parece extremamente firme, não é? Mesmo com ônibus passando e o vento soprando, ela não balança nem um milímetro." O rapaz caminhando ao meu lado é talentoso, bastante articulado e justamente por isso ingressou com facilidade na tão disputada Fábrica logo após se formar. Ao me ver calado, ele puxava conversa comigo desse jeito com simpática naturalidade. Porém sua preferência recaía sobre o grupo de dois homens e três mulheres no lado oposto, com quem mais conversava, já adotando uma posição de liderança. Ele ligava uma conversa à outra de modo que mesmo as pessoas quietas e taciturnas não desertassem do grupo, certamente tendo como meta provocar debates e brainstormings entre todos. É algo admirável. No entanto, ele pareceu não ter percebido que eu sou dez anos mais velho do que eles. Também é meu primeiro trabalho em uma empresa, mas estou consciente de que minha aparência juvenil se deve talvez ao fato de não ter precisado passar por todas as agruras de procurar emprego. Mesmo assim, eu ainda custo a acreditar que esteja aqui, atravessando essa grande ponte dentro da Fábrica. Nunca desejei isso. Não consigo deixar de pensar que houve algum tipo de conspiração, mas, se foi assim, decerto ninguém ganhou com isso. É incompreensível. Apesar disso, sigo caminhando. "Furufue, você é desta região, não é? Recomenda algum bom restaurante nos arredores? Pensamos em ir jantar todos juntos hoje, depois do *Walk Rally*. Quer vir com a gente?" Isso mostra que ele não é desta região. A Fábrica parece atrair muita gente talentosa de todo o Japão com desejo de trabalhar nela, mas eu mesmo não entendo a razão desse fascínio. Será que ela cobre muitas despesas de pesquisa? É natural que uma empresa de primeira linha tenha mais fundos do que o laboratório de uma universidade medíocre, mas de que adianta se não se pode fazer o que se quer? "Desculpe, estudei em uma universidade longe daqui e não conheço bem estas bandas. Nunca morei perto do mar, mas na montanha. Além disso, hoje já tenho compromisso. Não vai dar." Alguns velhos colegas da faculdade que moram mais ou menos perto, ou seja, o pessoal da elite que conseguiu trabalho na região facilmente, planejaram um encontro de confraternização em minha homenagem.

"Que sucesso rápido o seu, Furufue. De estudante pesquisador em biologia a funcionário da Fábrica. Isso não é para qualquer um", elogiaram, mas é muito sarcasmo afirmar que alguém teve sucesso apenas por estar empregado na Fábrica. Eles devem me achar um cara sortudo, mas eu próprio não me considero assim. Eles só perdem por me invejar. Eu queria continuar para sempre na universidade fazendo minhas classificações. "A taxonomia como ramo da ciência está fadada a ir ladeira abaixo. No campo da biologia, a genética é uma história bem diferente. Que dirá então a classificação de musgos, que sem dúvida parece um ramo meio excêntrico. Fico relutante, e realmente não quero ver alguém talentoso como você preso a esse tipo de pesquisa. Ao mesmo tempo, você não pode ficar para sempre dependente dos seus pais. Por mais que seu pai seja um homem influente. E não importa quanto tempo permaneça na universidade, ela não poderá garantir uma posição para você." Meu professor de repente me convidara para ir com ele à cafeteria da universidade. Eram dez da manhã, e para mim, que tinha acabado de chegar ao laboratório, já era tarde para o café da manhã mas ainda cedo para o almoço. Sem opção, peguei uma sopa de missô pequena, sem carne de porco, de trinta ienes. Na máquina, enchi duas xícaras de chá de folhas torradas de cor clara e as levei à mesa. O professor já tinha posto sobre uma bandeja um bolinho de carne empanado, uma fritura de berinjela com fígado suíno ao molho de missô chinês e uma grande porção de arroz com *natto*, além de ter pegado do bufê sete ameixas em conserva. "Você sabe que estou de dieta, não? Cortei o almoço e faço duas refeições por dia. No jantar evito carboidratos e, assim, em seis meses emagreci dez quilos." Naquele último mês, o professor repetia isso toda vez que bebia saquê, beliscava algum doce na hora do chá, em suma, sempre que levava algo à boca, e os estudantes do laboratório já sabiam disso de cor e salteado. De fato nunca o vimos comendo arroz ou macarrão à noite, mas bebia muita cerveja e pedia frituras, invariavelmente. Sem contar que, consumindo tanta ameixa em conserva, exagerava na ingestão de sal. Enquanto comia a berinjela e o fígado que colocara sobre a grande porção de arroz na tigela, começou a falar sobre a Fábrica. "A Seção de Empregos da universidade recebeu uma oferta de emprego da Fábrica. Eles estão à procura de um briologista. Perguntaram se eu não teria alguém apropriado e eu indiquei você, Furufue." Ele enfiou ruidosamente na boca o arroz com berinjela e fígado e, enquanto engolia, se levantou para ir colocar molho sobre o repolho cortado em tiras que acompanhava o bolinho. Eu fiquei atônito. A Fábrica? O professor escolheu um molho Thousand Island, voltou para seu assento e abocanhou o bolinho. "Não parece ruim! É a Fábrica! Pense bem nisso." A Fábrica? "Eles têm algum trabalho relacionado a musgos?" "Sei lá! Aparentemente constava na oferta algo sobre promover a vegetalização dos terraços dos prédios, mas se quiser mais detalhes vá até a Seção de Empregos e peça para lhe mostrarem a ficha com a oferta da vaga." Ele colocou também sobre o arroz o repolho uniformemente coberto pelo molho rosado e engoliu tudo. Descansando um pouco os hashi, enfiou na boca uma ameixa e, depois de chupar a polpa, quebrou o caroço com os molares, retirando a parte branca central e cuspindo o resto de volta no prato. "Vegetalização dos terraços? Sendo assim, seria melhor pedir a uma empresa especializada. Hoje em dia basta forrarem com filmes apropriados e regar." Segurei a tigela da sopa de missô com os ingredientes sedimentados formando duas camadas lá dentro, mas não a levei à boca. O professor pôs sobre o *natto* o molho tarê e a mostarda que o acompanhavam e, por cima, adicionou shoyu, misturou tudo e colocou sobre o pouco de arroz que restara. Uma vez ele declarou que achava *natto* com maionese uma delícia. Talvez tenha decidido agora economizar os dez ienes do sachê de maionese da cafeteria. Que diabo de regime é esse afinal? "Não me pergunte, não sei de nada! Pense bem! É a Fábrica!" Fios dos grãos de soja fermentados saíam de sua boca. Eu conhecia a localização aproximada da Fábrica. Conhecia também seus produtos e usava alguns deles. E eles precisavam da minha mão de obra? Parecia algo bem improvável. "No momento, ainda não estava pensando em me empregar, e além do mais não haveria um outro candidato?" "Não tem", afirmou peremptoriamente o professor, cortando os fios do *natto* com o hashi. "Furufue, a Fábrica fez expressamente a oferta dessa vaga à nossa universidade. Se recomendarmos uma pessoa inadequada qualquer, isso terá um impacto negativo em futuras ofertas de emprego. Precisamos indicar uma pessoa talentosa. Sendo assim, a única pessoa que me vem à mente é você. Especialmente quando o assunto são musgos." Ele verteu o chá na tigela vazia, o fez girar com seus hashi e o bebeu com um ruído de aspiração junto com os fios de *natto* presos nos dentes. Enfiou outra ameixa na boca. Em minha mente surgiram pelo menos dois rostos de colegas do laboratório mais velhos e mais talentosos do que eu. Não me sentia inferior a eles, mas considerando sua idade, sua sociabilidade e outros atributos, era difícil crer que eu ganharia deles no quesito empregabilidade. Abri a boca tentando argumentar, mas não consegui: ao mesmo tempo que puxava dos lábios os fios de *natto*, o professor foi mais rápido e contra-argumentou com vagar: "Pense bem, é a Fábrica! Seus pais também vão ficar felizes!".

De fato, meus pais se entusiasmaram com a ideia. E eu que pensava que eles não se opunham a eu dedicar minha vida a pesquisas, mesmo não ganhando bem, e que se orgulhavam disso! Parece que me enganei. "O homem tem como missão suar a camisa para pôr na mesa o pão de cada dia." A meu ver, era uma missão pequena, mas meu pai a declarou à mesa do jantar, arrancando lágrimas de minha mãe. No dia seguinte fomos em família comprar ternos para mim. "Por mais que você já tenha passado dos trinta, estamos falando de um processo seletivo, e ir extremamente bem-vestido pode causar má impressão." Os ternos escolhidos por meu pai até que me caíam bem. "Quem diria, seu corpo é do tipo padrão." Eu achava que bastaria ter um terno para a entrevista, mas, exultante por ver que o filho em breve começaria a trabalhar, meu pai escolheu ele próprio uma dezena de gravatas e igual número de camisas, dois ternos cinza-escuros, um azul-marinho, além de um outro preto para uso também em eventos formais, enquanto minha mãe selecionou dez pares de meias e outro tanto de lenços. "Vamos deixar a roupa de verão para quando você ingressar na empresa. O que temos aqui deve ser suficiente por um tempo. Sorte a sua entrevista não ser em pleno verão. Os jovens de agora em geral começam a procurar trabalho a partir do verão ou outono do terceiro ano da universidade. Na Fábrica, em abril do último ano escolar, todas as vagas já estavam preenchidas. Depois vamos ver sapatos. Deixe anotadas as medidas dele", ordenou ao atendente de cabelos brancos, indo em seguida à sapataria, onde me comprou dois pares. "Você é introvertido, sem traquejo social. Jamais imaginaria que fosse trilhar por vontade própria esse caminho de trabalhar se relacionando com outras pessoas. É uma oportunidade única. É preciso ser grato ao seu professor.

E também à Fábrica. Nunca esqueça o sentimento de gratidão. Caso aconteça algum problema, me consulte. Mas não comente com as pessoas ao redor. Se o problema for absurdo, estranho, não faça nada: deixe que eu arranje uma solução. De qualquer maneira, lembre-se de ser grato." Ser grato a quem? A bem dizer, não sentia gratidão alguma por ninguém.

"Pessoal, obrigado por participarem deste *Walk Rally* para um giro pela Fábrica. Há dez anos realizamos este evento com o objetivo de treinar e também de socializar os novos funcionários. Hoje e amanhã serei o seu guia. Meu nome é Goto e faço parte do Departamento de Relações Públicas e Planejamento da Fábrica. Esta é a primeira vez que atuo como líder em um *Walk Rally*. Por isso, desde já me desculpo se ainda houver alguns pontos com os quais eu não esteja familiarizado. Entrei na Fábrica cinco anos atrás e, como tenho idade próxima à de vocês, espero termos conversas bem descontraídas. Além disso, caminhando hoje conosco temos três jovens funcionários do mesmo departamento. Peço que se apresentem." Os dois rapazes e a moça fizeram uma vênia, sorridentes. "Sou Sakurai, trabalho há três anos na Fábrica. Muito prazer." "Sou Ichibashi e também trabalho aqui há três anos. Prazer em conhecê-los." "Sou Izumi Aoyama, nasci em Hokkaido e estou na empresa há dois anos. Prazer." Goto anuiu levemente com a cabeça e voltou a erguer a voz. "Hoje temos cinquenta participantes. Vou fazer a chamada. Ouçam com atenção porque a ordem depende de quando vocês apresentaram sua ficha de participação ou do setor ou departamento no qual estão alocados. Quem for chamado, por favor levante o braço e venha formar uma fila na frente da srta. Aoyama. Prontos? Furufue. Yoshio Furufue." Fui surpreendido com meu nome sendo o primeiro a ser chamado. "Aqui", falei com voz inusitadamente alta. Às pressas avancei e fui até diante da srta. Aoyama. Ela abriu um sorriso, dizendo: "Muito prazer". Mas por que eu teria sido o primeiro a ser chamado? Apresentei a ficha de participação no *Walk Rally* em cima do prazo e, pela ordem alfabética, logicamente eu estaria mais para o final. E o setor onde estou alocado seria ainda mais motivo para estar no fim. Estou alocado nesse beco sem saída chamado Setor de Desenvolvimento Ambiental da Divisão de Promoção de Vegetalização de Terraços, do qual sou o único funcionário.

Fui até a Sede da Fábrica para a entrevista e depois de perguntar na recepção entrei na sala que me foi indicada. Havia uma mesa de reunião e cadeiras, mas permaneci de pé. Era o tipo de entrevista que me deixava tenso, não por desejar passar a qualquer custo, mas justamente pelo contrário. Esperei um pouco e logo um homem entrou. "Como vai? Obrigado por ter vindo hoje. Veio de longe? Sou Goto, do Departamento de Relações Públicas e Planejamento. Muito prazer", disse, e me estendeu um cartão de visita, inclinando o corpo para a frente. Obviamente eu não tinha cartão de visita e apenas me apresentei e o cumprimentei. "Então, vamos direto ao ponto. Você começará a trabalhar no próximo ano fiscal, ou seja, em 1º de abril, daqui a três meses. Nesse ínterim, providenciaremos os materiais e equipamentos necessários. Você poderia fazer uma lista do que precisa e nos apresentar assim que possível?" Como é que é? "Desculpe, pensei que hoje fosse uma entrevista, mas a conversa é sobre após eu começar na empresa?" A expressão no rosto de Goto me pareceu ser de completo atordoamento. "Isto não é uma entrevista. Ninguém me falou sobre isso e não sou encarregado de recursos humanos. Esta é uma reunião para confirmar o teor dos trabalhos a partir de abril, uma conversa sobre os materiais e equipamentos, como acabei de mencionar. Microscópios e coisas do gênero... saber se há uma indicação de fabricantes e modelos. Existem microscópios específicos para musgos?" Microscópios? "Esse trabalho utiliza microscópios? Fui informado de que vocês estão buscando um especialista em musgos para a vegetalização dos terraços." Diga-se de passagem, eu nunca me considerei um especialista em musgos. Sou um simples pesquisador que ainda precisará de mais uma dezena de anos até poder ser chamado de especialista. "Sim, vegetalização dos terraços. Até agora, o desenvolvimento ambiental interno da Fábrica estava a cargo de outras empresas subsidiárias localizadas aqui mesmo. Elas, por exemplo, plantavam e cuidavam de árvores, criavam canteiros de flores, e ainda providenciavam o asfaltamento das vias, a iluminação externa etc. Havia uma subsidiária encarregada de cada serviço. Dentro do espaço da Fábrica. Nesse meio-tempo, a vegetalização dos terraços foi negligenciada e dessa vez nossa Matriz resolveu implementá-la." "Foi criado um novo departamento?" "Exatamente. Por isso, quando ficou decidido levar adiante a vegetalização dos terraços com musgos, enviamos a oferta de emprego para a sua universidade." Goto falou até aqui e de repente suas faces enrubesceram e ele sorriu. Eu me apressei para estruturar em minha mente tudo o que tinha a dizer. "Se a questão é a vegetalização dos terraços, bastaria pedir a uma empresa especializada. Hoje em dia existe uma técnica para vegetalizar terraços e também espaços em que produtos processados no formato de folhas são estendidos e depois regados por algumas semanas. Como a Fábrica é enorme, fazer isso levará tempo, mas existem empresas especializadas nesse serviço." "Entendo. Em relação a isso, não há com o que se preocupar. Nossa cultura corporativa não se adapta muito bem à terceirização de tarefas. Portanto, na maioria dos casos, elas são realizadas por empresas do grupo no espaço da Fábrica. De modo que, se o Setor de Desenvolvimento Ambiental da Divisão de Promoção de Vegetalização de Terraços se desenvolver a contento, não é improvável que se transforme numa empresa autônoma. Contamos com seu empenho para alcançar essa meta. A propósito..." "Uma empresa autônoma?" "... esse terno que você está usando hoje tem realmente um caimento ótimo, não? É importado?" E eu lá vou saber? "Então eu trabalharia por um tempo com uma equipe de projeto na vegetalização de terraços? Com toda a franqueza, se não pedir a uma empresa especializada, creio ser muito ineficiente começar do zero, e não entendo qual seria a vantagem. Desculpe se pareço insistente." "Não, em absoluto, eu entendo. Não há problema com relação ao tempo. Você pode avançar no seu ritmo e dentro de um escopo viável. Ninguém vai lhe impor um cronograma e pressionar você para cumpri-lo." A Fábrica aguardaria tranquila, sem afobação? Será que eles não percebem o desperdício que é tudo isso? "Certo, até o momento eu venho trabalhando com a classificação de musgos, mas creio que no caso da vegetalização é necessário ter o know-how do cultivo de plantas. Existe algum plano para alocar outros briologistas na Divisão de Promoção?" "Bem... com relação a isso... por enquanto você é o único a ser destacado." Continuando a sorrir, parecia haver no rosto de Goto um pouco de compaixão, não sei ao certo. Suas faces continuavam enrubescidas. "Só eu?" "Isso mesmo." "Sozinho, do zero? Por quê?" Era uma história estranha. Absurda, surreal. Quem afinal teria tido essa ideia e avançado na sua implementação? "Bem, sim, então, será você sozinho, porque não queremos que seja um fardo, para que possa ir no seu ritmo, de início coletando musgos no perímetro da Fábrica e os classificando e por fim começando a vegetalização. Ah, sim, primeiro queremos que você os classifique! Com essa explicação, conseguiu ter uma ideia das diretrizes? Bem, então, eu trouxe seu crachá. Ele serve para entrar e sair pelo portão da Fábrica, e peço que o mantenha pendurado no pescoço durante o expediente. O cordão é prateado. Essa cor indica que você tem acesso a todos os locais da Fábrica. Claro que, sem agendamento, não é possível entrar nos pontos-chave, como o Departamento de Projetos ou a Diretoria, mas o acesso é livre a qualquer outro local externo onde grassem musgos. Antes de plastificarmos o crachá, precisaremos tirar uma foto sua. Eu o entrego a você em 1º de abril, dia de seu ingresso. Alguma pergunta?" "Vou fazer sozinho a vegetalização dos terraços sem nenhuma orientação? Não há nenhum tipo de treinamento?" "Funcionários recém-admitidos recebem treinamento de etiqueta corporativa, que compreende aulas sobre conduta básica e como atender telefonemas e enviar e-mails. Se quiser fazê-lo, é só me falar. Como você é uma pessoa equilibrada e sua interação com pessoas fora da fábrica será mínima, meus chefes pensaram em poupá-lo desse treinamento! Preparamos um *Walk Rally* onde você terá a oportunidade de receber algum treinamento e, de quebra, interagir com outros novatos." *Walk Rally?* "Não, não era a isso que eu me referia. Falo de algum treinamento sobre cultivo de musgos ou a vegetalização de terraços..." "Ao contrário de antigamente, hoje os treinamentos profissionais são todos OJT, *on-the-job-training*, acho que é assim que se fala. O pessoal aprende à medida que trabalha, e treinamentos individuais na realidade são deixados a critério da área, para ser mais exato de cada funcionário, numa parceria entre veteranos e novatos. Portanto, praticamente não há treinamentos relacionados a serviços específicos!" "Sendo assim, de que forma eu vou desenvolver a vegetalização dos terraços?" "Pois então, você usará todo o conhecimento sobre musgos que adquiriu durante seus estudos, e falando assim pode parecer estranho, mas prossiga com calma. Antes de mais nada, queremos que pesquise bastante." Olhei pasmo para Goto. Não só não entendia o que ele dizia, como sua intenção era para mim incompreensível. Não terei colegas de trabalho nem chefe. Por fim, Goto abriu um sorriso radiante. "Mais alguma pergunta?"

"Pois bem, vejam só o mapa que eu distribuí. Vou resumir nossa programação de hoje. O local onde estamos agora está situado na parte superior do mapa: a área da Sede no norte da Fábrica. Aqui, temos o prédio da Sede e, ao lado, o prédio onde se localizam os departamentos de planejamento e projetos, que, pode-se dizer, constituem o centro nevrálgico da Fábrica. O portão principal está localizado aqui, na entrada norte, e hoje iniciaremos por ele. Vou apresentar a vocês alguns edifícios do lado leste, passaremos pelas lojinhas e por volta do meio-dia almoçaremos no refeitório dos funcionários que fica aqui. Pedi para prepararem um menu especial para os novatos, mas, se nos atrasarmos e chegarmos depois da uma da tarde, vamos causar transtorno aos funcionários de meio expediente, pois isso atrasará a arrumação do local. Então vamos caminhar sempre de olho no horário. Aliás, na Fábrica há quase uma centena de refeitórios de funcionários, além de vários restaurantes. Talvez seja interessante vocês irem assinalando os locais no mapa conforme os visitarem. Para ser sincero, há alguns deliciosos, outros não. A srta. Aoyama entende do assunto, logo não se acanhem de perguntar a ela. Não é mesmo, Aoyama? Rê rê rê. Bom, depois do almoço iremos bem para o sul, na parte inferior do mapa. Nosso destino hoje é esta ponte aqui. A área sul avança para o mar, e o rio que deságua nele divide a Fábrica, como podem ver no mapa, entre sudeste e nordeste, ligados pela grande ponte. Creio que ficarão admirados, pois a ponte é muito mais impressionante do que vista no mapa. Nosso percurso termina após a atravessarmos, mas seria um transtorno se abandonássemos vocês ali, por isso tomaremos um ônibus até a saída no lado sul, onde nos despediremos. Ao saírem da Fábrica, há um ônibus que vai até a estação e outro até o centro da cidade, para que todos possam voltar para casa. Para irem aos dormitórios, basta pegar os ônibus circulares no interior da Fábrica. Amanhã esta entrada sul será o nosso ponto de encontro. Por favor. Alguma pergunta?" Ninguém levantou o braço. Olhando de novo de cima por todo o mapa, a Fábrica é de fato imensa. Existem apenas quatro entradas, norte, sul, leste e oeste, mas não seriam insuficientes? Ao lado das ruas no mapa havia círculos azuis, verdes e laranja, e conforme se via na legenda na margem, eles indicavam paradas de ônibus. Ao que parece, diversas linhas de ônibus circulam durante todo o dia pelo interior da Fábrica. Três prédios gigantescos se destacavam: o da Sede, o do museu da fábrica para visitas de estudantes e o do armazém. De resto, estavam assinalados inúmeros prédios cujo tamanho parecia não variar. Muitos locais estavam marcados como Área Residencial e havia um vasto espaço aberto denominado Local de Testes de Produtos. "Bem, vou começar explicando sobre esta área norte na qual estamos agora. Nesta área há muitos clientes e fornecedores nos visitando pela primeira vez e alguns que provavelmente virão uma única vez. Esta é a área da Sede, onde em geral estão também os funcionários da alta gerência, o que a torna nesse sentido uma fundamental porta de entrada, um local que influencia a impressão que se tem da Fábrica. Creio que alguns de vocês vão trabalhar na área da Sede, outros não, mas espero que nesta área todos mantenham o asseio e o bom comportamento para não passar uma impressão ruim da Fábrica."

Na entrevista que tive com Goto — ou será melhor chamá-la de sessão de perguntas e respostas? —, a determinada altura me levantei para ir ao toalete. Havia uma janela em frente a ele. Do tipo que se abre arriando a trava e depois empurrando para a frente enquanto se abaixa o pegador. De repente senti vontade de aspirar o ar externo e toquei na janela, mas desisti de abrir ao perceber colado nela um papel de cor desbotada. PROIBIDO ABRIR. PERIGO DE ENTRADA DE PÁSSAROS. "O que devo fazer de início?" Minha primeira tarefa era criar um Encontro de Observação de Musgos. "Como assim?" "Você deve organizar um encontro para saírem atrás de musgos."

Percebi assim que acordei. Pensei que estivesse lendo um texto terrivelmente difícil, mas na realidade estava dormindo. Nem bem comecei a me sentir sonolento, apaguei. Ao que tudo indica, até sonhei. Restou tremeluzindo diante de meus olhos a sombra de algo preto. Olhei às pressas ao meu redor, mas, devido à divisória surgida do nada esta manhã, ninguém parece ter me visto. A menos que estivessem me observando diretamente pelas minhas costas, seria impossível me verem. Ainda assim eu me espantei. Até agora eu considerava um cochilo durante o trabalho um sinal de preguiça. Mesmo quando fico sonolento enquanto trabalho, me levanto de pronto, vou até o toalete e enxáguo a boca, lavo as mãos com cuidado ou, na pior das hipóteses, molho o rosto e pingo um colírio para espantar o sono. Raramente fico com sono, exceto quando exagero na dose e permaneço acordado até altas horas na noite anterior, e a causa é sempre o excesso de trabalho. Sempre julguei aqueles que se sentem sonolentos apesar de não estarem muito ocupados, e que cochilam sem reagir à sensação de sonolência, um bando de preguiçosos, mas agora me tornei um deles. Ontem à noite me deitei cedo como sempre, e logicamente não estou assoberbado de trabalho. Apenas agora, pouco depois de me sentir sonolento, justo no instante em que percebi ter acordado, me dei conta de que estava dormindo. Afinal, desde quando e por quanto tempo eu dormi? Com certeza devia estar lendo um texto e em determinado momento fiquei com sono, adormeci e acordei. Que decepção. E eu crente que isso não aconteceria comigo. A culpa é daquela divisória. Por estar protegido dos olhares das pessoas, estranhamente acabei relaxando. Transpirei um pouco. Vendo a folha impressa ao alcance da minha mão, notei que a caneta que eu segurava traçara algumas linhas sinuosas e disformes enquanto eu dormia. "Merda!", soltei instintivamente em voz baixa e olhei de novo ao redor, mas não havia sinal de que Kasumi falaria algo, e a sala voltou à serenidade. Irinoi e Óculos também estavam caladas, parecendo concentradas no trabalho. É bem capaz de todos estarem dormindo como pedras e mesmo assim ninguém perceber. Graças à divisória, aqui temos maravilhosas células individuais. Tornei a baixar os olhos para a folha de papel e retomei o trabalho.

Ouvi dizer que na Fábrica há muitos animais nocivos como corvos e nútrias, mas não vejo tantos assim. Seja como for, eu me tranquilizei por ter ganhado uma estação de trabalho diário. Mas essa sensação de alívio também é, afinal de contas, motivo de tristeza. Troquei de emprego e, antes mesmo de me acostumar com minha nova função, o fato de constatar que eu não teria nenhuma preocupação em exercê-la e que tudo estava bem me mostrou que meu trabalho não é lá essas coisas. Quando percebi, o trabalho havia se tornado incerto. Sou um funcionário terceirizado. Até recentemente, muito recentemente mesmo, eu trabalhava como engenheiro de sistemas em uma pequena empresa, mas, quando menos esperava, aconteceu. "Quer dizer que estou sendo demitido?" "Exatamente. Sinto muito." Se minha namorada não trabalhasse em uma agência de colocação de pessoal terceirizado, talvez agora eu estivesse desempregado. Sem emprego aos trinta anos. Embora seja triste me ver como um homem de trinta, indo para trinta e um este ano, tendo que trabalhar como terceirizado e com a sensação de que minha vida até agora foi totalmente inútil, é melhor isso do que estar desempregado. Com certeza.

É duro ficar desempregado. Mas terceirizado? Graças à mediação da minha namorada, fui mandado para o Setor de Documentação da Fábrica e estou encarregado da revisão de textos usando uma caneta vermelha. Eu, que até então passava a maior parte dos meus dias na frente de um computador, agora não uso nenhum.

"No momento já há um terceirizado executando processamento de dados para impressão no Setor de Documentação, mas eles precisam de mais um e quero apresentar você! Não é ótimo? Se eles quisessem uma recepcionista eu não teria como sugerir o seu nome. Então a oferta veio no momento certo", minha namorada disse para mim, que estava com cara de moribundo, e balançou a cabeça para os lados com uma alegria excessiva. Pela primeira vez em vários anos ela tinha cortado o cabelo curto e parecia feliz ao senti-los roçando em sua nuca e em suas faces, por isso com frequência balançava a cabeça desse jeito. Isso a fazia parecer idiota. Porém essa namorada com ar de idiota era uma funcionária efetiva da agência de colocação e agora era minha derradeira tábua de salvação. "Está tudo bem! Que bom que posso fazer algo por você." Pela manhã, em primeiro lugar eu tiro os papéis de dentro dos envelopes. Faço a revisão do texto, ou seja, procuro erros e os assinalo à caneta vermelha. Esse foi o trabalho que designaram para mim. "Por favor, revise pressupondo que basicamente haverá erros por toda parte. Mas, na realidade, não há tantos assim. Quando identificar um erro, trace uma linha na margem, com caneta vermelha, e deixe um comentário. Deste jeito. Para isso há símbolos de revisão. Dê uma olhada neste livro e, se encontrar símbolos apropriados, procure usá-los nos comentários. Porém, bem, esses símbolos foram criados por conveniência na época da fotocomposição, e como é óbvio que hoje em dia o processamento é feito por computadores, peço que pense na forma mais adequada de usá-los. Você tem ensino superior... hum...

então, não deverá ter dificuldades com a língua pátria." O responsável aqui é um homem de meia-idade, e no meu primeiro dia no emprego ele me levou até minha mesa, sobre a qual não havia nada, nem mesmo um computador, e entregou a mim, que estava decepcionado, um protetor de braço cinza, dicionários de japonês, de ideogramas e de inglês-japonês, além de um livro intitulado *Manual do revisor*, e após explicar por alto sobre o andar, disse: "Para mais detalhes, pergunte ao pessoal daqui", partindo precipitadamente. O "pessoal daqui" são as três revisoras, todas terceirizadas, uma delas cadastrada na agência da minha namorada, assim como eu, e as outras duas enviadas por outra agência. Como o responsável foi embora sem me apresentar, não tive outro jeito senão dizer, olhando ao redor: "Muito prazer", mas as duas moças da outra agência se limitaram a me olhar, e apenas Kasumi (o nome estava escrito no crachá em seu pescoço), temporária da mesma agência que eu, respondeu um "Muito prazer", inclinando ligeiramente o corpo. Três mulheres. "Você é namorado da coordenadora da agência, não? Foi o que ouvi dizer", sussurrou Kasumi. Ela cheirava a pêssego e seus lábios brilhavam. Tinha leves rugas sob os olhos. Seria mais velha do que aparentava? "Bom para você, tem uma namorada encantadora." Como tudo estava silencioso, as outras duas nos lançaram um olhar furtivo e senti que sorriram depois de se encararem. "Não, bem, não é assim também. Você ficou sabendo dela própria?" "Sim." Que namorada linguaruda eu fui arranjar, pensei. O que ela tem na cabeça para nos expor assim, misturando o público e o privado? Além disso, será que ela não imagina que, agindo assim, passa ao pessoal a impressão de que sou um homem folgado que depende de uma mulher? Apesar de ser uma funcionária efetiva em uma agência possivelmente de boa reputação, na realidade não é inteligente; para falar a verdade, apenas faz a intermediação de trabalhadores, o que por si não é sequer uma ocupação profissional.

"Então, com relação ao trabalho, você deve pegar um envelope desta pilha aqui e revisar seu conteúdo. Naquela prateleira ali tem canetas vermelhas e post-its", explicou Kasumi, me mostrando o conteúdo do envelope sobre sua mesa. Dentro havia um livro brochura e algumas dezenas de folhas de papel tamanho A3. Muitos envelopes semelhantes estavam postos verticalmente em um gabinete com gavetas que dava na altura do meu peito. Sobre cada envelope viam-se inscritas a data e uma combinação alfanumérica que lembrava um código, e no campo do responsável estava aposto um carimbo ou assinatura. Apanhei alguns deles, mas não havia nenhuma ordem, com uns datados de dez anos antes e outros com a data corrente. Além disso, no campo do responsável havia apenas nomes desconhecidos, que não eram nem o do responsável de havia pouco nem o de Kasumi. Segundo ela, a tarefa que nos fora atribuída era revisar as letras impressas nos papéis tamanhos A4, B4 ou A3 inseridos nesses envelopes, havendo em alguns deles também livros, folhas de originais manuscritos e cópias de artigos de jornal. No caso de haver algo a mais dentro do envelope, precisávamos fazer o cotejo com o documento, palavra por palavra, para confirmar se eram iguais. Caso só houvesse o documento, deveríamos corrigir a gramática usando os dicionários ou o *Manual do revisor*. "Daí, quando terminar tudo o que está no envelope, por favor o coloque naquela prateleira. Um encarregado vem retirá-los uma vez por dia." "Não é preciso assinar?" "Assinar?" "Para provar que fui eu quem revisou ou algo assim." "Não, não precisa, não precisa." Kasumi balançou a mão diante do rosto, em um gesto de negação. "Ushiyama, você é bem sério, não?", disse ela. Dessa vez senti aroma de bala de abacaxi. Ela falou em voz baixa, mas as duas terceirizadas puderam ouvir e voltaram a nos observar, trocaram olhares entre si e sorriram. Uma delas, de meia-idade, tinha o cabelo com permanente tingido de castanho, e a outra, jovem, portava um par de óculos azuis.

Ambas não eram feias nem do tipo marcante. Tampouco passavam uma boa impressão. Kasumi estava um pouco acima do peso, mas era a mais simpática com seu jeito delicado de professorinha de jardim de infância. Foi ótimo ela ser uma terceirizada enviada pela mesma empresa que eu. Lembrei de repente de minha namorada ter dito: "Você terá uma tia gentil como colega. Ela já é veterana". Com certeza ela era mais velha, mas chamá-la de "tia" chega a ser descortês. Ser uma "senhora" não é questão de idade mas de mentalidade, e seria mais adequado chamá-la de irmã mais velha. "Se não assinamos, quem assume a responsabilidade pelo teor das correções? No caso de haver erros graves." O assunto é sério. É natural que eu não queira causar transtornos a alguém devido a uma falha minha. "Não existe esse negócio de erro grave. É impossível", alegou Kasumi, sorrindo. "Não existe?" "Bem, creio que você vai entender quando começar a trabalhar, mas é um tipo de serviço meio sem pé nem cabeça! Fazemos a marcação à caneta vermelha. Depois, enviamos as correções. Algum tempo depois, recebemos o mesmo texto recheado de erros muito mais grosseiros do que os de antes. Você vai se perguntar para que afinal fez a correção anterior. Alguém deve conferir nossas correções e as recorrigir por sua vez. Não se sabe quem é ou onde essa pessoa está. Às vezes, há muita coisa a assinalar com caneta vermelha, mas não há nenhuma alteração significativa no teor do texto, são erros na conversão dos ideogramas, a falta de um espaço no início de um parágrafo, apenas esses errinhos aqui e ali. Então, como não há erros substanciais, é basicamente impossível cometermos faltas graves." "Mas..." De repente a terceirizada de meia-idade interveio. Sua voz não era alta, mas me espantei porque até aquele momento estávamos praticamente sussurrando. "Bem, a princípio é necessário tomar cuidado para não cometer erros! Ter ou não uma assinatura não importa, mas, por via das dúvidas, procurem evitar transtornos, uma vez que a responsabilidade é coletiva." Kasumi concordou com a cabeça. "Isso mesmo. Obrigada. Vamos tomar cuidado!", disse, e olhou para mim. "Então é isso. Se surgir alguma questão, ali tem um telefone e é só perguntar ao chefe do setor. Ah, você aceita?" Ela me deu duas balas envoltas em papel vermelho retorcido nas pontas. Suas unhas estavam pintadas de branco e vermelho. Agradeci e pus uma delas na boca. Ao mastigar a crosta dura, de dentro escorreu uma calda de chocolate macia. Para iniciar os trabalhos, peguei um envelope e retirei seu conteúdo.

Dentro havia um livreto fino com o excrementoso título *Dando adeus às minhas e às suas angústias! Manual de cuidados de saúde mental*, sob o qual se via uma ilustração de duas formas semelhantes a almôndegas sorridentes, lado a lado, embaixo de um extenso arco-íris, além de algumas folhas de papel tamanho B4. Na primeira dessas folhas estava impressa a capa do livreto e nas demais o sumário e o texto principal, todos em página dupla. Havia um espaço em branco em todas as margens, provavelmente para traçar uma linha quando houvesse um erro e inserir ali os comentários. Como a capa parecia não conter erros, passei para o sumário. Logo identifiquei algo esquisito na numeração. A partir do segundo capítulo, todos os demais indicavam a página 17. Os pontinhos entre os títulos e os números das respectivas páginas também estavam bagunçados. Risquei com caneta vermelha cada número 17 e anotei os números corretos das páginas. O tipo de tarefa que, explicando direitinho, talvez até mesmo um aluno do secundário consiga fazer. Não haveria nenhum outro trabalho mais adequado para mim? Nos dias de hoje, é raro uma tarefa que não use computador. No entanto, se nestes tempos de recessão a Fábrica contrata funcionários para revisar material, mesmo que terceirizados, é sinal de que ainda pode se dar a esse luxo. Seja como for, mesmo sendo um trabalho que não tem nada a ver comigo, preciso ser grato por terem me contratado. É bem melhor do que executar tarefas braçais. Um trabalho de atendente em uma loja de conveniência deve ser bem mais árduo. Devo ficar feliz por receber um salário de cento e cinquenta mil ienes para cumprir uma função tão simples. Porém, quando a situação econômica melhorar, pretendo procurar outra ocupação. Pensei em pedir à minha namorada para me apresentar, se é que existe, um local onde eu possa colocar em prática a experiência que acumulei até o momento, mas afinal de contas acabaria sendo também um trabalho terceirizado. Claro, eu preferiria ser funcionário efetivo. Quer dizer, não é que eu prefira, só não consigo imaginar, para mim, outro formato. Seja como for, tenho uma irmã mais nova que um dia se casará e agora se encontra na instável situação de funcionária temporária.

Temia que meu irmão fosse perguntar que tipo de trabalho me designaram, mas por sorte, quando lhe contei ter sido admitida como temporária, ele não indagou mais nada. Ficou calado, mas no seu rosto se lia: "Temporária? Parece que é frequente constar 'funcionário efetivo' na oferta de vaga e, já na empresa, a conversa girar sobre contratação temporária ou terceirizada. Na realidade, seria bom comunicar isso à Secretaria de Supervisão de Normas Trabalhistas do governo". Informei a ele que a partir da semana seguinte eu iria trabalhar nos cinco dias úteis. "Afinal de contas, é full time", meu irmão confirmou, e me disse para verificar quanto eu receberia por mês. "Eles cobrem as despesas de transporte, correto?" Ao que parece, sim.

Terminada a entrevista, Goto me levou para conhecer o Espaço das Fragmentadoras. Situava-se bem no fundo do primeiro subsolo onde fora realizada a entrevista. O andar do Anexo do Setor de Impressão tem um formato retangular com uma porta ao norte e outra ao sul, ambas dando acesso a escadas. Logo depois de abrir a porta do lado norte, ficam a recepção e a sala de visitas com divisória onde fui entrevistada. Próximo a elas há três ilhas com mesas para seis pessoas, umas coladas nas outras. Podem-se ouvir constantes sons de telefone e conversas. O restante do andar é o Espaço de Impressão. Enfileiradas nele há impressoras, máquinas copiadoras, cortadoras, máquinas dobradoras de papel e outras, de grande e pequeno porte (Goto explicava brevemente apontando enquanto caminhava, mas na realidade ele nem precisaria se dar ao trabalho, uma vez que o formato da maioria delas demonstrava suas funções). No centro, há uma grande mesa de trabalho. Homens e mulheres estavam de pé trabalhando, trajando aventais cinza sobre roupas leves ou uniformes. O ruído das máquinas e do papel sendo manuseado ressoava, e o cheiro químico de tinta e lubrificante de máquinas recendia. Por ser um barulho constante, às vezes era possível sentir certa calma em todo o andar. Teriam meus ouvidos se acostumado ao som? Toda a extensão de uma parede estava tomada por prateleiras com inúmeras pilhas de papel embaladas em papel kraft, toners e caixas com peças de reposição de máquinas. Passando em frente a essa parede, o Espaço das Fragmentadoras ficava justo onde havia uma interrupção das prateleiras. Goto parou e disse: "Aqui fica a Equipe de Suporte Operacional. É um ambiente bem familiar. Você não se sente em casa? Quantas pessoas somos agora? Dá para trabalhar tranquilamente com uma equipe tão pequena, penso eu." Ao lado da porta do lado sul, apenas um local onde a parede formava uma protuberância estava imerso na penumbra. Havia catorze fragmentadoras, mas só alguns poucos funcionários de avental trabalhando. Eles se movimentavam com lentidão como se estivessem no fundo da água. Queria contar quantos eram, mas hesitei em acompanhar cada um deles com o olhar. As fragmentadoras estavam alinhadas paralelamente à parede, em duas fileiras de sete cada uma. Eram quatro grandes e dez nem tanto. Goto me observava enquanto eu perscrutava por um tempo o Espaço das Fragmentadoras. "Na Fábrica, eu sou em princípio o responsável pela Equipe de Suporte Operacional, mas no que se relaciona à parte operacional há um líder de equipe que será o seu superior direto. A bem da verdade, é ele quem se ocupa de gerenciar a presença dos funcionários, só que no momento está internado. Em breve deve receber alta do hospital. Daqui a duas semanas, bem, no fim do mês. Até lá, portanto, por favor, me consulte quanto aos seus horários de trabalho e demais assuntos. Eu fico sentado logo ali. Com relação ao teor do trabalho, fale com aquela pessoa... Oi... Itsumi, pode dar um pulo aqui, por favor?" A pessoa que veio atendendo ao chamado de Goto era uma moça baixa, dona de compridos cabelos pretos de estranha lisura, presos em um rabo de cavalo. Portava óculos de lentes grandes. "Itsumi, apresento-lhe a srta. Ushiyama. A partir da semana que vem ela integrará a Equipe de Suporte Operacional. Ela é temporária e deseja trabalhar das nove às cinco e meia, de segunda a sexta. Por favor, dê a ela o treinamento necessário." A moça abriu a boca. Sua voz foi espantosamente alta. "Entendido. O líder não está no momento, mas eu lhe explicarei tim-tim por tim-tim!" "Até a semana que vem deixarei preparados seu avental e seu crachá. Vou entregá-los a Itsumi", Goto me disse de súbito. "Espero poder contar com você a partir da próxima semana. Meu nome é Yoshiko Ushiyama", cumprimentei Itsumi, inclinando o corpo. Por sua vez, ela também abaixou um pouco a cabeça e pude detectar alguns fios brancos em meio aos seus cabelos pretos. "Sou Itsumi. Prazer." Na haste da armação dourada dos óculos via-se gravado um padrão semelhante a gavinhas. "No primeiro dia, por ainda não ter crachá, você não vai poder entrar na Fábrica. Peça para ligarem no meu ramal quando chegar à recepção geral do portão. Goto, do Anexo do Setor de Impressão." Isso eu já sabia. Foi exatamente o que eu fiz para entrar. "E da próxima vez não há necessidade de vir de tailleur. Porque aqui basicamente não temos contato com clientes. Use roupas confortáveis, como as da Itsumi, por favor." Ouvindo as palavras de Goto, Itsumi deu um giro sobre si mesma para me mostrar seu visual, o que me espantou um pouco. Isso faria parte do "sentir-se em casa"? Por baixo do avental cinza ela vestia uma camisa polo e uma calça preta de algodão. "Você pode usar tênis se desejar, mas calça jeans com rasgos, shorts e regatas são proibidos."

A escada que usei no dia da entrevista se situava no lado norte do prédio e o Espaço das Fragmentadoras, no lado sul. Como no lado sul também havia uma porta e escadas, pensei em acessar o local de trabalho por ali, mas ao chegar à empresa no primeiro dia não soube onde ficava a entrada pelo andar térreo e acabei usando as escadas do lado norte para descer ao subsolo. Dei bom-dia para a senhora corpulenta da recepção, mas, surpresa, ela apenas retribuiu um tímido "Bom dia" e baixou a cabeça. Não seria hábito entre os funcionários se cumprimentar? Ou seria por eles ainda não estarem familiarizados comigo? Talvez não seja comum um temporário se relacionar com os efetivos. Como também não sou muito fã dessas saudações, vou me limitar a cumprimentar Itsumi e Goto e ver o que acontece. No Espaço das Fragmentadoras, um dos funcionários já havia chegado. Ele era bem alto. A ponto de ser um pouco bizarro. Não chegava a ter dois metros, mas... Não, pensando bem, é capaz que tenha. Seu rosto é comprido, e suas mãos segurando os papéis são enormes. Agora são 8h40, mas estamos só nós dois, esse homem grande e eu. Ignoro o total de funcionários da equipe, mas apenas uma dupla não seria muito pouco? A maioria dos funcionários nas ilhas do Setor de Impressão parecia haver chegado, todos sentados de cara colada nos respectivos monitores. No Espaço de Impressão havia se reunido mais de uma dezena de pessoas de uniforme e avental. Algumas conversavam em pequenos grupos e outras já tinham iniciado suas tarefas. Um corpulento senhor de meia-idade veio arrastando uma perna até o Espaço das Fragmentadoras, olhou para mim e inclinou o corpo em um cumprimento. De pescoço curto e roliço, usava óculos de lentes tão grossas que os olhos redondos no fundo delas eram minúsculos. Eram como contas pretas. Itsumi chegou por volta das 8h50. Vestia uma pequena jaqueta rosa-escura, calça jeans, e trazia o crachá pendurado no pescoço. Como é baixa e magra, talvez as roupas sejam tamanho infantil. Ao cruzar com alguém, ela dava baixinho um bom-dia e todos respondiam o cumprimento. Itsumi deve ser funcionária efetiva. Logicamente eu ainda não consigo distinguir os efetivos dos demais. As pessoas sentadas nas ilhas usam ternos, as que estão no Espaço de Impressão, uniforme ou avental, e todos nós, no Espaço das Fragmentadoras, aventais. Sem vestir nada parecido, eu me sinto deslocada. Tampouco tenho lugar para sentar. Itsumi está sem dúvida guardando meu avental.

"Bom dia", eu a cumprimentei. Ao me ver, sua boca se abre num sorriso e ela faz sinal para eu ir até lá. Rugas profundas surgiram nos cantos de sua boca. "Bom dia. Vamos até os armários. Vou entregar seu avental." Abrindo a porta do lado sul, havia uma escada igual à do lado norte e alguns armários longos e estreitos enfileirados. "Esses armários não têm chave, por isso, por favor, mantenha objetos de valor e a bolsa com você. Aqui você pode deixar um casaco e uma muda de roupa. Na pior das hipóteses, o armário é compartilhado por três pessoas, então use apenas um cabide para pendurar a roupa. Bem, em geral não há tanta gente assim, então dá para usar sozinha. É possível também guardar sapatos extras e pacotes, e se faltar espaço pode usar a parte de cima. Na falta de um biombo, se quiser trocar de roupa aconselho usar o toalete no andar superior, logo ao sair da escada. Aqui está o seu avental. Ele pertence à Fábrica, não o leve para casa. A lavagem é feita na lavanderia dentro da Fábrica. Recolho todos e mando, então não se preocupe com isso. Tem um número bordado nele." Itsumi me mostrou o bolso do avental. "Este é o seu número. Decore-o. Todos os aventais do Anexo do Setor de Impressão são enviados juntos e retornam em um lote único. Você precisa procurar o seu. O pessoal costuma anotar o número num papel e enfiá-lo no porta-crachá." Meu número era 13458. "Este é o seu crachá. Mostre-o ao guarda no momento de entrar na Fábrica. Sempre com a foto visível." Minha foto estava impressa no cartão dentro do porta-crachá, que poderia ser pendurado no pescoço por um cordão vermelho. Eu me perguntei quando ela teria sido tirada, mas notei ser a foto que eu colara no meu CV. Decerto a copiaram ou digitalizaram. Sem dúvida eles não a arrancaram do CV para afixá-la no crachá. Seu tamanho é bem maior do que o da foto original. Tem uns cinco centímetros de altura. Não sou fotogênica: saio sempre tão mal nas fotos que quase não me reconheço. Minhas bochechas são muito grandes. Além disso, passei porcamente um batom que não estou acostumada a usar. Mesmo o odiando, serei obrigada a ter esse rosto todo dia na foto pendurada no pescoço. Claro que Itsumi tinha, igualmente, sua foto pendurada sobre o peito. Seu cordão era azul-marinho. Ao que parece, ela é do tipo que nunca sai diferente nas fotos. "Depois de entrar na Fábrica, nunca o tire do pescoço, ok? Mas, como tem perigo de ele ficar preso na fragmentadora, aconselho enfiá-lo no bolso do avental ou reduzir o comprimento do cordão!" Itsumi disse isso muito rápido, retirou o avental do armário e o vestiu. Eu também pus o avental de uso industrial com textura de borracha ou náilon. A superfície era bem lisa e escorregadia, e notei que seu forro era de tecido. Teriam estirado borracha sobre um pano de fibra sintética dura? Cheirava a lavanderia. Itsumi se afastou da frente do armário e, quando começou a se dirigir para o Espaço das Fragmentadoras, uma breve melodia ressoou. "Cinco minutos antes do trabalho, uma campainha soa. Apesar de alguns funcionários terem horário flexível, geralmente a maioria começa às nove e a primeira campainha soa às 8h55. Às nove soa mais uma vez, e a seguinte, no intervalo de almoço, ao meio-dia. Quando termina o almoço, soa às 12h55 e às 13h, uma vez cada. No final do expediente é tocada apenas no horário de término. Às cinco e meia." Itsumi disse "campainha", mas na realidade era um aviso com música eletrônica do tipo tocado na plataforma das estações quando o trem chega. Ela abriu a porta e ao entrar pude ver todo o pessoal das ilhas de pé. As pessoas no Espaço de Impressão também estão reunidas ao redor de suas ilhas. "Quando a campainha toca, começa ali a reunião matinal. Goto está falando. Porque ele é o de nível mais alto nessa sala. Ou seja, no Anexo do Setor de Impressão. Pelo menos no momento, rá rá", explicou Itsumi aos sussurros. As pessoas no Espaço das Fragmentadoras não participavam da reunião. Elas levavam lentamente para perto das máquinas os documentos a serem destruídos. "Devido à extraterritorialidade, não temos reunião matinal aqui. Tomara que nosso líder volte logo. Aqui é o seu derradeiro domínio." Goto disse algo em voz um pouco alta, e depois de todos repetirem em uníssono, fizeram uma reverência. Parecia que a reunião matinal chegava ao fim. No Espaço das Fragmentadoras havia agora cinco pessoas. "Vou ensinar o seu trabalho", disse Itsumi. Imaginei que, por eu ser uma novata, ela me apresentaria ao restante do pessoal, mas não o fez. Vai ver que, por eu ser temporária, não havia necessidade de saberem meu nome nem eu o deles.

"Ushiyama, como está indo até o momento?" Goto apareceu logo após o intervalo do almoço. Trajava um terno estranhamente largo. Teria ele encolhido? No dia da entrevista isso não me chamou muito a atenção, mas, apesar de ele ocupar um cargo elevado, tem um aspecto bem maltrapilho. Como Itsumi me explicou gentilmente várias coisas sobre o trabalho, eu não tinha tido problemas. O trabalho em si era extremamente simples. Colocar o papel na fragmentadora e jogar fora o saco de lixo quando estivesse cheio de tiras de papel. Os documentos a serem destruídos chegam em contêineres pela porta do lado sul. Um homem vem duas vezes por dia trazendo num carrinho uma pilha de doze contêineres. "Atrás desta escada há um elevador, mas ele só pode ser utilizado para o transporte de cargas, como carrinhos e pacotes. As pessoas que realizam a distribuição dos pacotes dentro da Fábrica vêm em geral às dez e às três." Esses homens têm a palavra TRANSPORTE escrita nas costas da jaqueta. Eles também levam embora os sacos de lixo com o papel triturado. O TRANSPORTE que vi hoje pela primeira vez era um idoso baixinho e parrudo que andava a passos lépidos e suava bastante. "Esqueci de lhe dizer uma coisa", Goto falou à meia-voz. O que seria? "Você já deve estar a par de seu trabalho. Então lhe peço que não fale indiscriminadamente fora da Fábrica sobre o que faz aqui. Se souberem que sua função é triturar documentos gerados pela Fábrica, existe a possibilidade de as pessoas se aproximarem de você desejando as informações contidas nesses documentos a serem triturados ou os próprios documentos." Nossa! "É claro que você seria severamente punida ou demitida se vazasse os documentos ou os levasse para fora da Fábrica. Poderíamos exigir o pagamento de uma indenização! Por esse motivo, quando você apuser seu carimbo no contrato e demais documentos, pediremos que carimbe também um Termo de Responsabilidade. Poderia dar uma passada na minha mesa hoje às cinco da tarde? Assim providenciamos tudo. Você trouxe seu carimbo pessoal, correto?" Eu o tinha comigo, apesar de Goto não ter dito nada a esse respeito. Depois de várias mudanças de empresa, eu já conhecia mais ou menos os procedimentos de admissão. Goto é realmente um imprestável.

Os toaletes estão localizados no andar térreo. Subo a escada pela porta do lado sul. No térreo estão os escritórios de outros setores e o trabalho executado ali parece não estar relacionado com o do Anexo do Setor de Impressão. Não vi ninguém usando uniforme ou avental. Quando fui ao toalete no horário de intervalo do almoço, duas mulheres de uniforme rosa de funcionário administrativo escovavam os dentes. Elas torceram a cara ao me ver usando um avental cinza emborrachado, mas inclinaram o corpo numa vênia. Da cabine eu as ouvi conversando sobre um churrasco, embora não distinguisse suas vozes. Os toaletes eram extremamente limpos e bem iluminados. O subsolo não era escuro nem sufocante porque tinha uma enorme quantidade de lâmpadas fluorescentes e de purificadores de ar, mas ao subir as escadas logo senti um cheiro parecido com o do ar exterior, e raios de sol transpassavam as janelas de vidro martelado dos toaletes. Próximo ao toalete havia uma porta para o exterior. Eu sabia que havia uma entrada no lado sul. Porém, ao olhar lá para fora, vi um estacionamento com inúmeros carros com a logomarca da Fábrica, parecendo veículos comerciais. A um lado, viam-se uma bica baixa, uma mangueira cinza e um balde de plástico. Não era o tipo de lugar por onde eu gostaria de entrar. Parece melhor mesmo eu continuar usando a porta do lado norte. Vi alguns prédios térreos ou de dois ou três andares, de altura despretensiosa, com terraços e paredes verdes. Olhando de frente, imaginava que a Fábrica fosse inteira cinza, mas observando com calma de dentro dela havia árvores plantadas em vários pontos, bem como canteiros de flores, e nos terraços e muros algo como trepadeiras ou grama. Em alguns dos serviços que eu tinha executado até então, não conseguira dominar as habilidades necessárias. Nesse sentido, pensando bem, é uma sorte imensa estar em um local de trabalho onde é possível aprender as tarefas desde o primeiro dia. Tudo é tranquilo, desde que a fragmentadora não aqueça demais na passagem do papel e necessite ser desligada. Quando isso acontece, basta interromper seu funcionamento e mudar para a máquina vizinha. Itsumi explicou haver no Espaço das Fragmentadoras um número maior de máquinas do que de funcionários. "Temos em geral de cinco a dez pessoas, dependendo do dia. Algumas trabalham meio expediente e há quem só venha uma vez por semana. Somente eu, o líder e mais dois trabalhamos das nove às cinco e meia. Agora o líder não está." Os outros dois a quem Itsumi se referiu eram o Salamandra, de pescoço curto e roliço, e o Gigante, que só me foram apresentados depois que o líder voltou do hospital.

"Está na hora de fazermos um Comercial. Vamos sair para beber." Uma semana depois de eu começar a trabalhar no Espaço das Fragmentadoras, o líder voltou, como Goto dissera. Para minha surpresa, era um idoso de idade bastante avançada. Muito enrugado e frágil, parecia que a qualquer momento se converteria em areia. Talvez por não ter sido uma doença longa, seu rosto não parecia intumescido ou macilento. "Samukawa, durante sua ausência admitimos mais uma pessoa na Equipe de Suporte Operacional, conforme conversamos antes de sua internação. Eu mesmo cuidei do caso e ela já está a postos." "Estou sabendo! Me disseram que é uma jovem." "É a srta. Ushiyama. Ushiyama, o líder da Equipe de Suporte Operacional recebeu alta do hospital. Permita-me apresentá-lo." "Sou Samukawa. Muito prazer em conhecê-la." "Sou Yoshiko Ushiyama. O prazer é todo meu." "Samukawa, a srta. Ushiyama é muito talentosa!" Dizendo isso, Goto deu um tapinha no meu ombro. *Talentosa?* Como se ele soubesse algo sobre mim! Olhei para o líder com um sorriso lamentável no rosto. Por trás da aparência de boa pessoa, talvez o líder fosse na verdade um velho astuto. "Então, a partir de agora, o controle de presença fica a cargo de Samukawa." Dizendo isso, Goto voltou para sua mesa.

"Bem-vindo de volta, líder. Está com uma aparência ótima." Itsumi apareceu depois de pausar a fragmentadora que utilizava. Logo após o início dos trabalhos da tarde, a Equipe de Fragmentação tem certa folga até a chegada do TRANSPORTE. Se não arrumamos os sacos de lixo a serem levados, eles se acumulam com os próximos no local de depósito dos contêineres, obstruindo a passagem. "Itsumi, desculpe por todo o transtorno causado pela minha ausência. Já estou pronto para outra. Estou me sentindo mais saudável do que dez anos atrás!" "Parece mesmo. Ushiyama já está conosco há cerca de uma semana. É uma moça séria! Por ser tão jovem, fico até me sentindo meio estranha." "É muito bom aumentarmos o número de jovens. Era meio triste ter só você de mulher na equipe, Itsumi." "Que é isso! Ushiyama, não leve a sério o que o líder fala!" Desde que comecei a trabalhar aqui, não tinha visto um diálogo amigável tão longo no Espaço das Fragmentadoras. Quando pergunto algo a Itsumi, ela me responde cortesmente, mas nunca batemos papo ou conversamos amenidades. Não porque seja necessário guardar silêncio no Espaço das Fragmentadoras. Apenas nos faltava assunto para conversar. "Vocês estão usando a Estação de Musculação?", o líder perguntou a Itsumi, olhando para o fundo do Espaço das Fragmentadoras. "Não, não estamos! Só o líder a utiliza, não é?" Itsumi também olhou na mesma direção. A Estação de Musculação estava ali como se tivesse aparecido do nada. Só eu não teria percebido sua existência? Alguém tinha pendurado seu uniforme nela. "Ah, então foi ali que deixei meu casaco reserva. Não encontrava em casa. Esqueci aqui ao partir", disse o líder, indo até o fundo para pegar o casaco e aproveitando para se suspender na Estação de Musculação. "Ushiyama, pode usá-la se desejar. Apenas tome cuidado: uma vez eu caí e levei uma bronca daquelas." "Ninguém a utiliza. Ao contrário do líder, somos todos jovens. Não é, Ushiyama?" O líder desceu do aparelho e cumprimentou cada pessoa no Espaço das Fragmentadoras. Deu tapinhas nos ombros, apertou mãos. Todos responderam com sorrisos meio acanhados. Mesmo pessoas cujas vozes eu não ouvira até agora riram de suas brincadeiras. "Vocês têm feito Comercial ultimamente?", perguntou o líder, voltando-se para Itsumi. Comercial? Balançando o rabo de cavalo, Itsumi respondeu: "Nem uma vez. Sem o líder, não teria graça". Ela olhou para o homem de meia-idade de pescoço curto e roliço e balançou novamente o rabo de cavalo, com vigor. Ele abriu um sorriso e coçou o queixo. "Sem o líder, fica faltando o retoque final." O líder apertou de novo a mão do homem. "Temos uma novata na equipe, vamos fazer um Comercial. Vamos sair para beber", disse Itsumi balançando mais uma vez o rabo de cavalo, dessa vez olhando para o rapaz alto e corpulento. O rapaz ria, parecendo se deleitar. "Sendo assim, vou fazer os arranjos. Pode ser no Momo como sempre, líder? Ushiyama pode vir? Gosta de carnes?" Embora não soubesse que raio era aquilo que eles chamavam de "Comercial", eu me alegrei. Pelo menos eu gosto de carnes e queria sair para tomar uns drinques, então assenti. Desde minha chegada, seria aquela a primeira vez que meu nome era chamado e uma pergunta me era feita com tanta intimidade? Estava convencida de que muitas das outras pessoas do Espaço das Fragmentadoras viriam, mas afinal de contas, além de mim, estavam reunidos o líder, Itsumi, o corpulento homem de meia-idade e o rapaz de quase dois metros de altura. O apelido do homem de meia-idade era Salamandra, e o do rapaz, Gigante.

Depois de deixarmos a Fábrica, quando já estávamos instalados no restaurante de carnes coreano localizado no caminho até a estação de trem mais próxima, o líder falou enquanto esperávamos pelas cervejas que pedíramos. "Ele ganhou o apelido de Salamandra por causa das salamandras-gigantes-do-japão. Conhece? São anfíbios enormes." Olhei para Salamandra, que limpava o rosto com uma toalhinha umedecida, e ele era mesmo parecido com um desses animais. Rosto largo, boca grande, olhos e nariz minúsculos. Olhos de bola de gude brilhantes. Usava a toalhinha calado e sorridente. Até então me desagradavam seus movimentos vagarosos demais, mas sabendo agora seu apelido, eles talvez soem até graciosos. "Essas salamandras têm a boca tão grande que parecem dividir o focinho pela metade." Mas é o tipo de apelido que pode ser entendido como uma maledicência. "Além disso, ele é o príncipe das salamandras-gigantes-do-japão", disse o líder, dando um tapinha na bochecha de Salamandra. O rapaz riu abestalhado e se dirigiu a mim. Era minha primeira interação com ele. "Antigamente, quando ainda morava com meus pais, era comum encontrar essas salamandras nos rios! Meu velho costumava dizer, brincando: 'Você é na realidade o Príncipe Salamandra. O Rei Salamandra, senhor dos rios, nos confiou você para criar'. E eu acreditava mesmo ser um príncipe de sangue azul criado no mundo dos humanos devido a circunstâncias especiais." Seus olhos piscavam. "Afinal, eu não me pareço nem um pouco com meus pais e, quando comento, todos concordam que me assemelho a uma salamandra-gigante-do-japão. Não me importaria de ser realmente uma salamandra! Os seres humanos são muito complicados. Pernas, por exemplo." Salamandra acariciou a perna esquerda esticada. "Eu não teria tido problemas se nadasse no fundo de um rio!" Itsumi me confidenciou: "Antes, Salamandra trabalhava em uma linha de montagem. Sua perna foi prensada por uma máquina enorme semelhante a um macaco hidráulico e durante um tempo ficou inutilizada". Com espanto, olhei para a perna dele. De fato, eu notara que ele caminhava devagar, puxando de uma perna, mas imaginei que fosse um reumatismo ou algo do gênero. "Há quanto tempo foi isso?" "Foi quando Akio nasceu, dez anos atrás. Justo na época em que meu filho veio ao mundo e eu estava me empenhando bastante. Tudo se escureceu diante dos meus olhos, mas hoje ainda posso trabalhar graças à Fábrica!" "Porque estava coberto pelo seguro de acidentes de trabalho, correto?" "Desculpe a demora." O garçom do restaurante chegou, colocando nossas cervejas sobre a mesa. Esse foi o sinal para cada um prender o babador de papel ao redor do pescoço. Nele estava escrito "Churrasco do Momo" e abaixo havia a ilustração de um boi de babador mostrando a língua enquanto segurava garfo e faca com as patas. Sempre odiei esses babadores de papel de churrascarias, mas não poderia me recusar a colocá-lo quando uma pessoa de idade o estava usando alegremente. A churrascaria tinha uns setenta por cento das mesas ocupados e um grupo formado pelo que pareciam estudantes entrava naquele momento. Itsumi ergueu o caneco e olhou para todos. "Em homenagem à recuperação de nosso líder e à chegada da Ushiyama. Saúde!" "Saúde!" Todos brindamos juntando os canecos. Logo depois do brinde chegou um grande prato com um monte de carnes e *kimchi*. "Ushiyama, você deve saber a razão de Gigante ter esse apelido, não?", perguntou Itsumi enquanto punha pedaços de fígado bovino e suíno, língua, retículo, estômago e tripas bovinas sobre a grelha. Certamente se devia ao fato de ele ser bem alto. Por que só vísceras? "É. Ele tem um metro e noventa e seis, não é?" "Hum", anuiu Gigante e, demonstrando muito interesse, estendeu os hashi para virar os pedaços de fígado que Itsumi acabara de pôr sobre a grelha, mas foi interrompido por ela. "Como você tocou o fígado com esses hashi, use-os só para a carne daqui em diante! Sangue cru pode causar diarreia!" "Será mesmo? Corpulento como ele é, o sangue de fígado é uma coisinha de nada!", disse o líder. Gigante se pôs a rir. Salamandra também. Itsumi e o líder falavam bastante. Ao contrário, até serem requisitados, Salamandra e Gigante permaneciam o tempo todo sorrindo, calados. "Ushiyama, eu aparento ter que idade?", perguntou Itsumi enquanto distribuía um pedaço de língua grelhada para cada um. "Gigante, este aqui já está salgado, viu?" Gigante fez menção de passar o limão que acompanha a língua, mas foi repreendido mais uma vez por Itsumi. "Esse limão estava em cima da carne crua, não? Não pode usar diretamente! Deixe aquecer um instante na grelha." Gigante obedeceu. "Então, que idade?" Itsumi balançou os cabelos para a esquerda e para a direita. Lindos cabelos, muito lisos. De início achei que ela fosse mais jovem do que eu, provavelmente tinha menos de vinte anos, mas, levando em conta seu jeito de falar e de trabalhar, eu devia ter me enganado. Ela tinha também alguns fios de cabelo brancos. Devia estar na casa dos trinta, mas para ser educada eu lhe dei uma idade menor. Salamandra e Gigante caíram na gargalhada. "Olha só. Que divertido. Este está sendo um grande Comercial", disse o líder, ao que levantou o caneco e o encostou no de Itsumi. Salamandra e Gigante batiam de propósito um ombro contra o outro, rindo a bandeiras despregadas. "Ah, minha cara Ushi..." Ushi? "Ah, é mesmo. Itsumi é uma ótima irmã mais velha, não?" "Obrigada, obrigada. Mas, durante a internação do líder, eu envelheci!" Itsumi esticou seu pescoço fino, terminou sua cerveja e pediu mais uma. Salamandra e Gigante também pediram outra, levantando seus canecos vazios. "O fígado e as outras carnes estão no ponto! Gigante, o limão já não está bom?" "Hum." Gigante fez menção de pegar o limão com seus dedos estranhamente longos e grossos, mas, como parecia estar mais quente do que previra, voltou a levantá-lo com os hashi. "Alguém quer limão?", perguntou ele, mas eu recusei com um gesto de cabeça. "Eu quero. Talvez seja bom espremer sobre o fígado." "Acho que não." Comi as vísceras e continuei a beber minha primeira cerveja. Afinal de contas, acabei não sabendo a idade de Itsumi.

Amanhã é o dia do Encontro. Distribuíram um folheto entre os funcionários que têm filhos e também o pregaram no mural de anúncios: "Vamos procurar musgos com o Doutor Musgo no Encontro de Observação de Musgos para pais e filhos". Trazia uma ilustração elaborada por Izumi Aoyama, a jovem colega de Goto, mostrando quatro membros de uma família: um menino com boné de beisebol, uma menina com uniforme de marinheiro, o pai de óculos e a mãe de cabelos compridos. Se eu tivesse dons artísticos, teria desenhado um aluno de escola primária, de quatro no chão, observando com uma lupa os musgos no solo. Ou o Duende Baixa-Calça do bosque. À guisa de alerta.

Nas janelas dos lados sul e leste foram instaladas persianas verde-claras. Na janela do lado sul elas foram suspendidas até o alto. Na do lado leste, elas estão abaixadas e a janela permanece fechada. Isso porque a lavanderia foi construída tão próxima que as paredes estão quase grudadas entre si. O ruído das máquinas de lavar, das secadoras e do vapor dos ferros de passar podem ser ouvidos moderadamente mesmo com as janelas fechadas. Nem adianta abri-las em um lugar assim; o vento não entra. Quando tomei conhecimento de que no prédio vizinho funciona uma lavanderia, tive a impressão de que todas as paredes do lado leste emitiam calor e assobiavam como um ferro de passar, mas claro que não é isso o que acontece. Fazia um pouco de barulho, porém depois de me acostumar não é mais lá grande incômodo. Ao contrário, quando passo em frente à lavanderia de manhã e ao entardecer, recende um cheiro bom de detergente. Não é um lugar ruim para se viver. No lado sul da Fábrica há, por exemplo, uma área residencial bem perto de uma estação de tratamento de resíduos e uma garagem de ônibus. Comparado a esse local, aqui é o paraíso. "Com relação ao laboratório..." Duas semanas antes da data prevista de admissão fui chamado por Goto, e ao chegar à Fábrica ele me fez entrar no seu carro. Cinza, com a logomarca da Fábrica, parecia um veículo novo. "Vou lhe apresentar alguns possíveis locais e gostaria que você escolhesse um, mas para ser sincero só há um entre eles que eu teria confiança para indicar. Queríamos ter providenciado instalações dentro da Sede que viabilizassem a realização dos seus experimentos científicos, porém achamos preferível ter o laboratório unificado à sua residência, ou seja, para ser bem claro, achamos melhor você morar em uma casa comum de dois andares: você viveria em um deles e instalaríamos o laboratório no outro, de modo a manter separados a moradia e o local de trabalho." "Eu vou morar na Fábrica?" "Sim." Goto saiu do estacionamento e dirigiu até um cruzamento, onde parou por um instante. "Como nunca se sabe quem está olhando, dentro da Fábrica é preciso obedecer às regras de trânsito! Principalmente quando se está dirigindo um carro." E, fixando o olhar no retrovisor, indagou: "Você não foi informado sobre residir aqui?". Quando respondi "Ninguém me avisou nada", Goto continuou a dirigir, dizendo: "Meu chefe me disse que você tinha sido informado. Deve ter havido um mal-entendido. Já estamos quase chegando! O limite de velocidade aqui é de quarenta, não posso correr, mas é bem perto, logo ali." À margem da estrada havia um sinal indicativo do limite de velocidade. "Esta é legalmente uma estrada da província." "Estrada da província?" "Isso mesmo. Daqui a pouco se alarga. Ela cruza a Fábrica e continua fora dela." "Tem tudo dentro da Fábrica, não?" "Quase tudo! Estamos indo agora para a área residencial. Há conjuntos habitacionais, supermercados, muitos locais de entretenimento, como salões de boliche, karaokês e lagos artificiais para pesca, hotéis e todo tipo de restaurantes. Além dos refeitórios para funcionários, há restaurantes de soba, grills, lámen, frango assado e até uma cadeia de hamburguerias... E nos hotéis há restaurantes de culinária francesa, italiana, de sushi, de teppanyaki. Tem também correios, bancos, agências de viagens, livrarias, óticas, cabeleireiros, lojas de aparelhos elétricos, postos de combustível." Goto os enumerou como se cantasse, depois parou o carro por um instante. Havia uma passagem de pedestres sem sinalização, e um homem de terno cinza, com uma bobina de cabos pretos sobre os ombros, atravessou-a fazendo um leve cumprimento a Goto, que levantou o braço. "Há também museus de arte. Obras de artistas da Fábrica e de funcionários estão em exibição e são realmente primorosas. Claro que também há empresas de ônibus e táxis." "É uma cidade completa." "Com certeza. E bem maior do que a média das cidades! Isso porque também tem montanhas, rios e mar. E florestas e um santuário xintoísta. O monge também mora aqui. Ah, mas não temos cemitério. E creio que tampouco existam templos budistas." "Quando foi decidido que eu viveria aqui?" Talvez a Fábrica seja uma cidade muito mais desenvolvida do que aquela em que eu morava com meus pais. A casa deles ficava em uma área de veraneio, ou seja, em uma região semirrural. A universidade se situava em um local remoto nas montanhas, logo, pela primeira vez na vida morarei na cidade. Não me importo com isso. Se é bom ou não morar na Fábrica, não vem ao caso; o problema é o fato de tudo ter sido muito repentino. Como se minha opinião não fosse levada em conta. "Bem, creio que no momento em que enviamos a oferta para a universidade já estava decidido que o futuro funcionário deveria morar no local de trabalho. Ora, veja só, chegamos." Era um bairro com jeito de novo. Não era tão grande mas continha fileiras de graciosos sobrados em estilo ocidental, todos iguais à primeira vista. O espaço entre as casas era maior do que em um bairro recém-criado e cada uma possuía sua própria garagem para um ou dois carros e um jardim. Em frente a algumas casas, flores desabrochavam exuberantes. As ruas orladas de cornisos estavam lindamente asfaltadas. "Algumas casas têm cachorros. Temos até veterinários aqui." Goto estacionou de ré o carro na garagem de uma das casas e desceu. Eu o imitei. Entre os sobrados alinhados, apenas aquele ao nosso lado era diferente de uma residência comum, um prédio cinza e térreo. Parecia um galpão ou algo do gênero. Ouvia-se o som de máquinas, mas, ao contrário de uma fábrica com seu irritante cheiro de graxa, recendia uma fragrância doce e leve. "Esse prédio foi desocupado faz pouco tempo e por isso está em bom estado. Casas vazias parecem ser as que mais se deterioram. Cogitamos fazer uma reforma, mas não houve necessidade. O problema é que..." Ele apontou para o prédio contíguo. "O vizinho talvez seja um pouco barulhento." "O que é aquilo?" "Uma lavanderia." "Ah." Sendo assim, provavelmente não vou precisar lavar roupa em casa.

"Tem algo com que todos vocês devem tomar cuidado." Acostumados a esse tipo de preâmbulo, os alunos da escola primária levantaram o rosto. "A partir de agora caminharemos juntos pela Fábrica em busca de musgos. Vamos até a beira de um bosque onde há muitas árvores." Por não ter árvores grandes ou altas, o bosque não é muito denso e, olhando no mapa, tem mil metros quadrados, mas uma vez dentro dele a escuridão é inquietante. "No horário de movimentação livre, por favor, evitem a todo custo entrar nele. Mesmo de dia é escuro e há o perigo de vocês se perderem. Peço também aos pais que fiquem atentos." Além disso, com frequência aparece no bosque o pervertido Duende Baixa-Calça. Aoyama me aconselhou a evitar comentar sobre isso com os participantes. "Com certeza os pais não se sentirão à vontade. O pessoal da Fábrica conhece o caso e não há necessidade de falar expressamente sobre ele. Em vez disso, tente garantir que nada aconteça. Se necessário, podemos deixar alguns rapazes do Departamento de Relações Públicas e Planejamento de prontidão no bosque. E vamos pedir também ao pessoal da segurança." "Ótimo. Por favor, faça isso." Portanto, deve estar tudo bem, mas mesmo assim não me sinto à vontade. O Baixa-Calça é um homem de meia-idade ou um ancião que vive no bosque. Dizem que sua perversão é tentar baixar a calça ou a saia das pessoas. "Por que ele é chamado de Duende do Bosque?" "Dizem que ele se autointitulou assim." Quando encontra resistência ou um contra-ataque da vítima, logo sai correndo para o fundo do bosque. Como todos os funcionários resistem ou contra-atacam, afinal de contas nunca houve alguém que tenha tido sua calça ou saia abaixada por completo. "As vítimas não são mulheres jovens em sua maioria: ele ataca qualquer um, sem distinção de idade ou sexo. Só quem veste terno está a salvo." Aoyama puxara a gola de seu tailleur cinza-acastanhado. A fina corrente de ouro com uma pequena conta preta de menos de um milímetro enroscou-se na gola e se torceu. "Por isso ele não é tido como um agressor sexual. É o que dizem." Quer seja um pederasta, um gerontófilo ou ternofóbico, há diversas preferências e gostos, e não se pode afirmar que ele não seja um agressor sexual só porque não ataca exclusivamente mulheres jovens. O simples fato de se autointitular "Duende do Bosque" já não revelaria sua perversão? "Seria o caso de avisar a polícia?" "Na verdade, não há necessariamente alguém que se possa chamar de vítima, e como alertamos todo o pessoal da Fábrica para tomar cuidado, não será preciso fazer um relatório à polícia." Levando em conta a segurança da Fábrica, é difícil acreditar que ele tenha vindo de fora. Afinal de contas, se procurarem o Baixa-Calça, há grande chance de ele ser um funcionário. Seria vergonhoso também se reportassem à polícia e ficasse comprovado que o crime é interno à Fábrica. Seja como for, era preciso tomar cuidado, pois ninguém poderia afirmar que ele não teria alunos da escola primária entre seus alvos. Aoyama me entregou um exemplar do panfleto de orientação do Encontro de Observação de Musgos deste ano. "Precisa de mais? Para dar a alguém, talvez?" "Não." A quem eu iria distribuir? E de que adiantaria? "Bem, vou pedir reforço ao pessoal da vigilância. Até amanhã." Ela abre a porta, faz uma saudação inclinando o corpo e sai do laboratório. Entra no carro com a logomarca da Fábrica parado na garagem, inclina levemente a cabeça e dá a partida. Lavei a xícara que ela usou e me pus a observar o panfleto, cujas cores parecem ter sido produzidas por computador. Sinto-me sem jeito vendo Aoyama fazer esse tipo de trabalho, ainda mais porque ela foi promovida a gerente do Departamento de Relações Públicas e Planejamento, mas por alguma razão, em algum momento, definiram que ela estaria encarregada de tudo o que se relacionasse a mim. Ela é a única com quem posso manter uma conversa séria e não acho nem um pouco ruim que meu interlocutor seja uma moça calma e linda como ela.

Para este ano estava prevista a participação de quinze grupos formados por pais e filhos. Em todos, um dos pais ou ambos trabalham na Fábrica e dois desses grupos participaram também no ano passado. Após o Encontro, as crianças elaboram um relatório por conta própria e algumas delas com frequência recebem prêmios no Concurso de Ciência Júnior promovido pelo governo provincial. Há muitos alunos de classes superiores se preparando para exames. A maioria dos pais deseja que o Encontro seja realizado a tempo para as pesquisas livres das férias de verão dos filhos, mas o outono é uma estação mais apropriada do que o verão para observar musgos. Como as inscrições para o Concurso de Ciências Júnior se encerram em novembro, possivelmente tendo em vista o Festival da Cultura, depois de o primeiro Encontro ter sido realizado na primavera, acabou se fixando todo ano no outono. Quando cheguei, cinco grupos de pais e filhos já aguardavam no portão oeste da Fábrica, o local de reunião. Os grupos eram formados por um dos pais e um filho. Apenas em um deles participavam a filha mais velha e o filho menor. Apesar de ainda haver tempo até o horário marcado, pedi às crianças que já estavam ali para darem uma olhada nas raízes dos plátanos que cresciam de ambos os lados do portão oeste. "Isso é musgo. Ele cresce por toda parte." Peguei um punhado para mostrar a eles. Vestidas com desmazelo, as quatro crianças acocoradas nas raízes dos plátanos olhavam alternadamente para o musgo e para mim. As demais — o irmão menor do grupo com duas crianças e um menino bem novinho — conversavam lançando perdigotos, prometendo-se trocar figurinhas que com certeza possuíam mas haviam deixado em casa e, portanto, não poderiam mostrar naquele momento. Os dois eram muito parecidos, falavam ambos em voz bem alta, idênticos até mesmo na estatura, sendo difícil distinguir um do outro. Apesar de se verem pela primeira vez, descobriram ter uma paixão em comum e se ufanavam bastante excitados do valor das suas figurinhas. Prevendo a confusão que se instalaria entre eles ao perceber o enorme número de itens que ambos pretendiam trocar, as mães dos garotos intervieram e agora se desculpavam. A irmã mais velha, que deveria estar quase na idade de prestar exames para a escola secundária, se empenhava em friccionar os musgos, ignorando por completo o irmão. Vendo o musgo verde-escuro com tons prateados, alguns alunos da escola primária mostravam interesse, outros apenas fingiam estar prestando atenção e outros ainda se mantinham totalmente alheios. Há vários anos realizo esses Encontros de Observação, mas as crianças continuam incompreensíveis para mim e isso me inquieta. "Parece pelo de gato", disse uma menininha, acariciando um musgo. Sendo assim, seria melhor ela ir acariciar um gato, já que musgos não se parecem nem um pouco com eles. "Esse musgo é muito sólido e forte: ele cresce no asfalto das grandes cidades, em vulcões e em locais frios como o polo Sul", expliquei sorridente. "Eles crescem em cima do gelo?", retrucou a irmã mais velha. É ótimo que ela tenha feito essa pergunta. "No polo Sul há muitas porções de terra. No entanto, por ser muito frio, muitas vezes o musgo congela. Porém, por ser muito forte, mesmo congelando ou secando e mesmo aparentando estar murcho à primeira vista, se ele obtiver a medida adequada de água e calor, volta a verdejar. Quando todos vocês estiverem reunidos, eu abordarei este assunto de novo." Pouco depois, como soara a hora marcada, verifiquei se todos já haviam chegado. Aconselhados pelas mães, os dois meninos interromperam por um tempo a conversa sobre figurinhas. Afora o pai com as duas crianças, todos os demais estavam acompanhados de um único filho: eram dezesseis crianças e dezessete adultos, com apenas dois grupos contando com a presença de ambos os pais. Apenas um menino não tinha um dos pais a acompanhá-lo, e sim um avô. Um menino e uma menina que também participaram no ano anterior trouxeram os relatórios premiados no Concurso de Ciências Júnior e amostras de musgos reunidas durante o último ano. "Sou o Furufue e hoje vou guiar vocês pela Fábrica. Agradeço a todos pela participação." Existe uma grande variedade de musgos grassando na Fábrica. Torço para que seja um dia divertido. Distribuo a cada criança uma folha de papel kraft dobrada a fim de colocarem nela as amostras de musgo coletadas e uma pequena lupa.

"Sr. Furufue, sr. Furufue, professor!" A casa com o laboratório no térreo e minha residência no andar superior possui interfone, mas esse homem preferiu me chamar aos berros. Ele aproximou a boca da janela ao lado da entrada, com a metade superior aberta, e sua voz alta demais não parecia vir do lado de fora da casa. Eu estava concentrado no computador preparando o relatório do Encontro de Observação de Musgos a ser apresentado a Aoyama e, sobressaltado, olhei para a janela. O rosto do homem me era familiar. Era o idoso que viera ao Encontro trazendo seu netinho. O avô do menino que encontrou um cadáver de nútria. Como ele descobriu onde eu moro? Fiquei em dúvida se deveria abrir a porta, mas nossos olhos se encontraram através da janela e, afinal, ele é um senhor de idade. Não consigo me lembrar agora do nome dele, mas não me esqueço do rosto do neto. De olhos pequenos no formato de sardinhas e testa proeminente, de jeito tão melancólico que faz o avô aparentar muita vitalidade, ele se empenhou bastante na procura pelos musgos. Eu me sentiria envergonhado se fizesse pouco-caso desse homem que passou um dia inteiro fazendo companhia ao neto. Ao abrir a porta, vi que ele trouxera o menino com ele. Por ser baixo, não o tinha visto pela janela. O neto usava uma camisa de estampa xadrez com linhas vermelhas e amarelas sobre um fundo verde-escuro, das que se costuma usar no outono. Teria ele cabulado aula? O avô vestia um uniforme cinza com a logomarca da Fábrica, de um tipo para mim desconhecido. "Em que posso ajudá-lo?" O idoso abaixou a cabeça, sorrindo. "Perdoe-me por importuná-lo de forma tão repentina. Muito obrigado pelo Encontro. Foi muito instrutivo. Meu neto ficou muito interessado e está coletando musgos na escola." Como se envergonhado de ouvir essas palavras, o menino me olhava com seus pequenos olhos de sardinha, que pareciam agora ainda mais estreitos. "Sou eu quem devo agradecer pela participação de vocês. Seu neto tem olhos de águia. Espero que ele continue firme e forte na observação de musgos." "Ah, é muito gentil da sua parte." O velho retirou do bolso do uniforme um lenço de tecido felpudo e enxugou o pescoço, embora não estivesse suando. Suas glândulas sudoríparas já não teriam falido em meio à pele enrugada? "E o que os traz aqui hoje?" O idoso estendeu o pescoço, procurando olhar o interior. "Perdoe-me o atrevimento, mas nós poderíamos entrar?" De repente apareceu nas mãos do neto um fichário grosso, e via-se em seu rosto uma expressão de hesitação sobre o que fazer com ele. "Como estou trabalhando, a casa está bagunçada. Posso saber do que se trata?" O idoso sorriu e pegou o fichário das mãos do neto. "Sei que foi indiscreto de minha parte e peço-lhe sinceras desculpas por isso. Perguntei seu endereço a um outro funcionário. No passado, eu morei nesta área. Tomamos um ônibus do local de trabalho e caminhamos o resto do caminho! Pensei em lhe telefonar, mas infelizmente não sabia o número. Tentei encontrá-lo no anuário telefônico online, mas foi em vão. O mesmo se deu com o seu endereço de e-mail." "Meu nome consta no anuário, mas ao contrário dos demais funcionários, é necessária uma senha de acesso. Só um número limitado de pessoas tem contato comigo e meu local de trabalho é também meu domicílio. Em que posso ajudar?" Será que ele vai me pedir para dar uma olhada no relatório escrito pelo neto? Seria maçante ler um fichário repleto de textos escritos por um aluno da escola primária, mas posso até considerar a ideia. Como a vegetalização dos terraços e a classificação dos musgos avançam a passos de tartaruga, posso ler o relatório como uma cortesia à família de um funcionário. Estou ciente de que não há quase nada que possa fazer em prol da Fábrica. "Do lado de fora, fico um pouco constrangido. Rogo pelo seu obséquio." Estaria o idoso intencionalmente empregando o linguajar de uma pessoa ainda mais velha? Um furgão carregado de roupas sujas chegou à lavanderia. A porta do prédio se abriu. Podia ser ilusão minha, mas um aroma doce de detergente pareceu recender instantaneamente. Uma funcionária de meia-idade portando um avental falou algo com o homem do Setor de Transporte. Às gargalhadas, os dois colocaram juntos os contêineres sobre o carrinho da lavanderia e os levaram para dentro. "Entre, por favor, mas não repare na bagunça!" "Imagine, professor. Com toda a licença."

"Veja isto. É chamado musgo-luminoso-cinza. Ele tem um pequeno intumescimento na ponta." "Um botão?" A irmã mais velha levantou rapidamente a voz cheia de autoconfiança, mas como musgos não têm flores, é lógico que não são dotados de botões. "Nem botões nem frutos. Como disse há pouco, ao contrário das plantas silvestres, os musgos não enfloram, não polinizam e não frutificam." Eu tinha acabado de explicar sobre a reprodução dos musgos utilizando um desenho com seu ciclo de vida que a meu pedido Aoyama preparou no computador, imprimiu ampliado e colou em uma placa de isopor, embora fosse difícil para as crianças compreenderem de imediato. Mesmo um aluno de escola secundária que tem aulas de biologia talvez não consiga entender com facilidade os ciclos de vida de briófitas e pteridófitas que a certa altura passam por uma fase diploide. Os alunos mais jovens logo concordam com a cabeça como se tivessem entendido, mas seu nível de compreensão é muito diferente do de alunos de maior nível escolar. Creio que a compreensão deles sobre o teor de minhas explicações é a mesma de quando colocam um cartão de Ano-Novo na caixa de correios e sabem que ele logo chegará à casa da avó. Como minha intenção não é fazê-los compreender a vida dos musgos e lhes aplicar um teste de conhecimento, para mim é indiferente. "Isto é uma cápsula. Ela contém esporos em seu interior. Esses esporos esvoaçam e os que aterrissam em locais com boas condições se desenvolvem." "Igual à penugem dos dentes-de-leão", disse uma mãe dirigindo-se à filha. Pensei em retrucar, mas acabei desistindo. O Baixa-Calça, no final das contas, não apareceu, mas em seu lugar o neto do idoso, em seu tempo livre, foi até a entrada do bosque para coletar musgos e ali se deparou com uma grande nútria morta. Entre as fezes e na carcaça do animal ele descobriu a presença do musgo *jizo-daruma*. Esse musgo crescia densamente no ventre do roedor, com linhas de esporos se estendendo em alguns locais e a extremidade vermelha de cada esporo inclinada. A nútria media quase dois metros. Não seria um tamanho exagerado? Talvez fosse só minha imaginação. "Parece que as nútrias se reproduzem também na rede subterrânea de esgotos da Fábrica. Não é preocupante?", foi o que escrevera alguns anos antes um antigo colega de laboratório, mais velho do que eu e que até hoje faz pesquisas na universidade, em um e-mail no qual me informava de um congresso sobre briófitas. "Não vejo motivo. Elas parecem dormir durante o dia e, quando aparecemos, costumam nos ignorar", respondi. "Mais do que elas, me preocupam os pássaros pretos (achava que fossem cormorões, mas não identifiquei a espécie). Há um enorme número deles vivendo nas margens do rio. A quantidade aumenta e, mais recentemente, dobra a cada ano. Estão acostumados com os seres humanos e permanecem impassíveis mesmo quando transitamos ao seu lado." Na época em que eu ainda não havia desistido da vegetalização dos terraços e caminhava por toda a Fábrica à procura da espécie de musgo apropriada a esse objetivo, que desde sempre crescia no perímetro da Fábrica, aconteceu de eu descer até a margem do rio. Achei que houvesse musgos à beira d'água. Os pássaros pretos que eu vira durante o *Walk Rally* estavam no leito e dentro do rio. "Este é o rio. Na Fábrica o chamamos simplesmente de rio ou de grande rio." Há várias escadas metálicas que permitem descer da ponte até o rio, mas elas ficam trancadas à chave para limitar o acesso apenas aos funcionários da manutenção da ponte. O único jeito de andar pelo aterro do rio, que se vislumbra muito abaixo, é ao longo da praia na área sul, depois de atravessar toda a ponte. O corpo desses pássaros é totalmente preto e brilhante. Eles ficam deitados no aterro ou de pé com metade do corpo mergulhado na água, perscrutando a Fábrica. Quando alguém se aproxima, alguns voam, mas acabam aterrissando uns metros à frente. Como os pombos nas estações de trem. Eles estão ali todo o tempo. Para além da água salobra, a largura do rio se estreita conforme se afasta do mar e há inúmeras tubulações de drenagem pelas quais a água oriunda da canalização do interior da Fábrica deságua no rio. Há água de aparência leitosa e água com espuma acinzentada, mas a maioria é à primeira vista translúcida e limpa. Como o volume de água fluindo é inferior ao diâmetro das tubulações de drenagem, forma-se um espaço em sua parte superior. Às vezes se vê a cabeça de uma nútria se projetando dali. Elas torcem o focinho ou movimentam a boca quando por vezes o vapor da água quente ou termal começa a exalar. Eu me espantei a primeira vez que vi uma delas, mas ela não fugiu nem se aproximou e apenas nos ignoramos mutuamente. "Ah, é mesmo. Fiquei tão absorto na explicação sobre a área sul que acabamos passando direto, mas pessoas comentam ter visto no aterro sob a ponte que acabamos de cruzar animais parecidos com grandes ratos chamados nútrias. Algum de vocês recém-admitidos chegou a vê-las? Parece que não, né? Bem, você viu, Aoyama?" "Talvez... bem, não foi hoje, mas antes..." "Entendi. Pois então, as nútrias são da mesma família dos ratos e discute-se sobre elas porque, em anos recentes, elas vêm se reproduzindo por todo o Japão, não apenas na Fábrica. Dizem que esses animais, que por algum motivo desconhecido foram importados para cá no passado, voltaram a seu estado selvagem. Ignoro seu local de origem, mas sei que não é um animal do Japão, com certeza. Na Fábrica, elas somente são encontradas nos arredores do rio. Elas são vistas faz uns cinco anos, desde que eu ingressei na empresa, e há relatórios de que seu número não para de crescer ano após ano. Ouvi dizer que o pessoal da manutenção da rede de esgotos as encontra dentro das tubulações. Nas fotos, parecem animais muito graciosos, mas peço para não alimentá-los. Eu próprio desconheço do que elas se alimentam, mas não tentem dar-lhes de comer. Seja como for, não deixem restos de alimentos do lado de fora." As nútrias devem ser herbívoras. Na beira do rio não há animais para caçarem, e elas são muito lentas para apanhar pássaros. Quando as vi no meu primeiro ano de Fábrica, elas estavam apenas nas tubulações de drenagem, mas como recentemente se acocoram do lado de fora delas, é provável que seu número esteja em franca ascensão. Mas por que uma delas teria morrido na entrada do bosque? O bosque está distante do rio. "Vai ver fugia de algo." "Talvez. Você não tocou no cadáver?" "Não." "Por que motivo tocaria, professor?"

"Trouxe almoço?", Kasumi me perguntou aos sussurros. Para minha surpresa, terminei em cerca de apenas uma hora a revisão do livreto sobre saúde mental e na sequência comecei a corrigir três páginas tamanho A3. Estas continham o diagrama impresso de uma máquina para mim pouco compreensível, com frases e palavras soltas em inglês. Preso com grampeador, dentro do envelope havia algo semelhante a um manual redigido em japonês que provavelmente indicava nomes de peças e instruções de trabalho, junto de uma folha que trazia um glossário de termos em japonês e seu equivalente em inglês. No manual grampeado havia uma folha com o mesmo diagrama impresso com nomes de peças e instruções de trabalho em japonês. Supus que deveria cotejá-lo com a lista de termos em japonês e inglês para saber se o que estava impresso no diagrama em inglês correspondia ao em japonês. Na capa do manual em japonês estava escrito *EO-1987-POGI — Manual de instruções, versão 16* ao lado de uma imagem do globo terrestre. Afinal de contas, porém, não era um manual de globos terrestres, e mesmo que descrevesse uma máquina, eu não compreendia de qual se tratava, por mais que eu o lesse. Entendi apenas que o corte era circular e que havia algo como um cabo aparentemente elétrico em seu interior. "Almoço? Não, não trouxe." Kasumi inclinou o pescoço e sussurrou: "O que pretende fazer?". Minha namorada disse que eu não teria problemas com o almoço porque dentro da Fábrica o que não faltam são refeitórios, restaurantes e lojas de conveniência. "Bem, eu estou pensando em sair para comer alguma coisa." "Olha, isso vai ser difícil!" Kasumi esboçou um sorriso enquanto arregalava os olhos. "As lojas ficam longe daqui. Há *food trucks* que vendem marmita aqui perto, mas o pessoal dá uma escapada do trabalho às dez ou onze para comprar! Quando chega o horário da pausa para o almoço, as filas ficam enormes e os produtos esgotam rápido. A loja mais próxima lota no horário do almoço e você vai levar no mínimo quinze minutos para chegar lá. Os refeitórios também ficam longe..." Ela não estava sorrindo, era mais uma expressão de constrangimento. "Desculpe. Eu devia ter explicado isso antes." Ela se desculpou colocando a mão com força sobre o rosto. "Eu estava crente de que sua namorada teria explicado... Mas ela não teria como saber até mesmo sobre a questão do almoço, não é?" "Não, foi vacilo meu. Mesmo que demore quinze minutos, não tem problema, vou tentar ir até a loja. Costumo comer rápido. Pode me dizer onde fica?" "O trajeto é fácil! Você vai na direção contrária da que pegou hoje e quando chegar a um cruzamento em forma de T é só virar à direita. Talvez veja um fluxo de pessoas lá." A campainha soou. As duas mulheres à nossa frente se levantaram e a de meia-idade alongou os braços curvando-se para trás. "Ah, mais um dia sem nada para fazer." "É mesmo? Eu até que tive bastante trabalho!" A senhora de meia-idade olhou para mim. "Nós trouxemos marmita de casa. Deveria seguir nosso exemplo! É bom para economizar! Você é solteiro?" "Sim." "Deixe o arroz pronto de noite. Hoje existem muitos alimentos congelados; é só esquentar no micro-ondas e juntar ao arroz! Não vale a pena comprar almoço por aqui, não é? Mesmo o mais barato não sai por menos de quatrocentos ienes." "Sim, vou pensar na ideia. Hoje não tem jeito, vou ter que sair para comprar." "Se não correr, não vai encontrar mais nada de bom!" Conforme a senhora dissera, a loja de marmita estava zerada. Num empurra-empurra me misturei à multidão, e quando cheguei à loja mais próxima já era quase meio-dia e meia. No final, só consegui comprar duas caixas de barrinhas CalorieMate e uma garrafa de chá. Ao me ver, Kasumi exibiu um rosto consternado. Ela me ofereceu uma mexerica inteira. "Aceite, por favor. Tem vitamina." "Obrigado." Enquanto comia minhas barrinhas energéticas, observava o diagrama que vira pouco antes. "Ushiyama, você está franzindo as sobrancelhas! Se não descansar os olhos durante a pausa do almoço, à tarde vai ser dureza!" Enquanto dizia isso, Kasumi me deu mais uma bala de creme de chocolate, como fizera antes. Com a que me sobrara, agora tenho duas. "Sobre esta lista, estou cismado com o japonês, que me parece estranho. O que acha? Sinto que o texto está truncado." "Não se preocupe!" Seu mau hálito denotava uma gengivite. "Não me preocupar?" "Você é sério demais, Ushiyama." O rosto de Kasumi se desfigurou e nele surgiu minha namorada, rindo com a boca cheia de chocolate. "Oh!", exclamo, e meus olhos piscam. "Vou escovar os dentes", anunciou Kasumi, se levantando com um tubo de pasta de dente cor de laranja e uma escova rosa na mão. Depois que ela saiu pela porta, uma mulher de meia-idade (em seu crachá lia-se "Irinoi"), com uma voz forte e rouca causada por muita bebida, disse: "Se eu não alimentá-lo, Kasumi acaba monopolizando você. Então, gosta de um docinho?", e me deu um biscoito com formato de crisântemo. No rótulo da embalagem de vinil estava impresso: "Sabor nostálgico de biscoitos recheados com castanha e pedacinhos de feijão-azuki". "Sendo assim, eu também quero", a jovem Óculos (não consigo ver seu nome no crachá) me ofereceu algo no formato de gota envolto em papel prateado com uma fitinha fina e longa despontando da extremidade. "É da Hershey's. Você não tem problemas com chocolate americano? Algumas pessoas detestam." "Acho que não." Se for chocolate, não devo ter problema. "Vou experimentar. Obrigado." "É raro aparecer um rapaz por aqui. Espero que fique por um bom tempo. Mas você não é daquele jeito, é? Que quando encontra um trabalho melhor, logo larga o atual?" Ainda estaria bem se fosse alguém da mesma agência de pessoal terceirizado que eu, mas não devo falar algo irrefletidamente para uma funcionária registrada em outra agência. "A-hã", aquiesci com uma leve inclinação de pescoço. "Ah, é. Tem que fazer isso mesmo. Correr atrás. Não pode ficar estagnado num lugar como este. Afinal, o que o trouxe aqui?" "Não ouviu Kasumi dizer há pouco que a namorada dele trabalha em uma agência de colocação?" "Não é porque a namorada trabalha numa agência que ele tem obrigação de aceitar trabalhos terceirizados. Demitido por reorganização societária? Foi isso, hein?" Àquela altura do campeonato, não havia motivo para eu continuar teimando. Sorri instintivamente. "É isso mesmo. Foi uma reorganização da empresa. Eu era funcionário efetivo", expliquei com franqueza. Não sei sobre o futuro, mas posso falar um pouco em relação ao passado. "Era engenheiro de sistemas. Me demitiram do nada." "Nossa!" A jovem Óculos soltou um gritinho e cobriu a boca com a mão. "Que coisa horrível!" "É sinal dos tempos. Não fui o único." Olhei o relógio: era quase uma da tarde. "Então, se tiver oportunidade de encontrar outro trabalho em que possa usar suas capacidades, tem mesmo que mudar. Não entendo bem, mas seu trabalho aqui não tem relação com engenharia, não é?" "Bem, é outra área, mas como tive a oportunidade de conseguir esta ocupação, pretendo dar o melhor de mim!" Justo quando estava indeciso sobre continuar a falar ou não, a campainha tocou e Kasumi retornou. Parecia ser a campainha das 12h55. Irinoi e a jovem Óculos tiraram cada qual um chiclete de um recipiente de vidro sobre a mesa e começaram a mascar. "Bom, agora faltam quatro horas e meia!" "Ainda é cedo para a contagem regressiva, Irinoi." Com uma rápida olhadela, Kasumi avistou o biscoito e o Hershey's sobre minha mesa e sorriu. "Olhem só. Quantas guloseimas." Como soaram 13h, voltei a trabalhar no papel impresso em tamanho A3. Conforme fitava as letras, percebi que o japonês e o inglês iam aos poucos se deslocando, a conexão de sentido entre as palavras se perdia e restava uma combinação de linhas e pontos incoerentes. Um alinhamento de inúmeros símbolos e padrões. Letras e palavras são coisas incertas.

Ao chegar ao trabalho certa manhã, entre as mesas haviam surgido divisórias inexistentes antes do fim de semana. Até agora, tínhamos quatro mesas, duas do lado da janela e as outras duas do lado da porta, dispostas de uma maneira em que ambas ficavam coladas uma à outra. Cada uma das duas equipes contava com duas pessoas que se sentavam de frente uma para a outra, deixando vago o assento ao lado, porém agora apareceram grossas divisórias separando as mesas. Como os terceirizados e os temporários não trabalham aos fins de semana, decerto alguma empresa foi contratada para instalar as partições nesses dois dias. Para fazê-lo, eles precisaram mexer nos objetos pessoais em cima das mesas, nem que fosse apenas um pouco, ou seja, eles mudaram sua posição à revelia. Por mais que sejamos terceirizados, isso não é uma total falta de consideração? Das duas equipes, eu tinha meu assento na mesa que ficava mais próxima à janela. Depois de cumprimentar Irinoi, que já havia chegado, e me sentar, senti como se tivesse penetrado em uma cela criada para caber exatamente uma única pessoa. Seu tamanho não causava problemas ao cumprimento do trabalho, mas sim uma forte sensação de opressão. As divisórias são de metal e cobertas por um tecido espesso como o de um tapete, de modo a poder pregar tachinhas nelas. Tendo as divisórias por volta de um metro e cinquenta de altura, é preciso se levantar da cadeira para ver do outro lado. Kasumi, que é baixa, praticamente não consegue ver o que há em frente por mais que se levante. Com que objetivo a Fábrica de repente teria erguido divisórias?

Não teriam gastado um bom dinheiro com isso? Pelo menos deveriam ter explicado previamente às partes envolvidas. Qual a necessidade dessas divisórias sólidas? "Nossa, inacreditável. O que aconteceu?", exclamou Kasumi ao chegar, pondo sua bolsinha sobre a mesa. Ela se senta em frente, diagonal a mim, mas para conversarmos teríamos que ficar ambos de pé, algo nem um pouco natural. Eu me levantei e disse: "Bom dia. Quando cheguei estava desse jeito! Você sabia de algo?". Kasumi negou com a cabeça e despiu o casaco. "Não, não sabia de nada. Estou espantada! O que será que aconteceu?" No momento ideal, nos sentamos ao mesmo tempo. Alguns achavam que as divisórias talvez servissem para aumentar a produtividade do trabalho. Com a visão completamente obstruída, evitavam-se distrações, como, por exemplo, ver Irinoi e a jovem Óculos — por algum motivo até agora não sei seu nome; não entendi o sobrenome pelo qual Irinoi a chama, Maimi ou Mamimi, e ela põe seu crachá num local não muito visível — conversando e trocando risadinhas, ou Kasumi pondo balas ou chocolates na boca quatro ou cinco vezes por hora. Mesmo que eu boceje ou espirre, não verei ninguém sorrindo quando nossos olhos se encontrarem. Talvez isso melhore minha concentração. A Fábrica deve ter introduzido as células individuais para aumentar a produtividade entre os funcionários. Antes de a campainha das nove soar, devolvi à mesa os objetos que haviam sido mudados de lugar e retirei do envelope as folhas cuja revisão eu havia começado. Praticamente não encontrei erros nesses documentos. Decerto apenas os reimprimiram usando os mesmos dados. A revisão de um documento sem nada para ser corrigido parece fácil, mas acabei por entender que era a mais árdua. Como a mão não se movimenta para fazer as marcações em vermelho, apenas meus olhos e minha cabeça se cansam na incerteza de achar impossível não haver nenhum erro e de estar deixando passar algum. Pensando assim, após terminar a revisão, faço uma rechecagem e acabo descobrindo um erro, ainda por cima crasso, que deixei passar, e me pego duvidando da minha capacidade de revisor. Quando vejo anúncios no jornal de cursos de qualificação por correspondência, como um curso de formação de revisores ou coisa semelhante, eu os acabo lendo. Sinto que, se continuar apenas revisando, não farei progressos. Não me parece que alguém esteja conferindo os documentos depois que eu os reviso. Os envelopes com os documentos revisados desaparecem da prateleira onde são deixados. Eles são levados para algum lugar, mas ignoro qual seja ou quem os recebe. Também não sei se estou fazendo corretamente ou não o trabalho de revisão, o que impede qualquer progresso. Com certeza de nada adiantaria perguntar a Kasumi ou a outro funcionário terceirizado, o jeito é eu me virar sozinho. Como a campainha das 8h55 tocou, comecei a folhear o documento. Como sempre, Maimi ou Mamimi chegou em cima da hora, quase atrasada, e ao ver sua mesa com a divisória que parecia uma cela solitária, disse, tirando das orelhas os fones de ouvido no formato de confeitos de açúcar: "Quêêê? Por que estão nos trancafiando nesses trecos? Que diabo é isso?". Você é temporária, deve chegar mais cedo! Ela tira sua boina de lã de aluna de escola primária. "Escuta só, Irinoi. Meu irmãozinho não passou no teste de novo!" "Nossa. Teste para cabeleireiro, não?" "Ah, era para estilista de alguma coisa. É um idiota mesmo! E mamãe comprou mais uma caixa de DVDs. De séries coreanas." A campainha das nove tocou e a voz das duas baixou, mas continuaram a falar sobre assuntos domésticos. Pouco se importando com a divisória.

Estimados Clientes,

Pedimos sinceras desculpas pelos transtornos causados e por termos traído a sua confiança e a de nossos concidadãos. Os clientes afetados devem contatar o quanto antes a loja onde a compra foi realizada, o revendedor mais próximo ou a Fábrica, para que sejam realizados inspeção e reparo. Os produtos de nossa empresa que se enquadram são os de códigos de série com final entre B44 e B67H, fabricados entre 2007 e 2008. Solicitamos especial atenção com comprimidos com a parte de trás branca (parte da frente laranja, azul-clara ou rosa). Sua conservação em local úmido pode causar embranquecimento da cor frontal. Caso seja confirmado o uso de um dos produtos supracitados, pedimos que o leve de imediato para inspeção e reparo. Os custos serão arcados pela empresa. Caso seja necessária uma nova compra do produto, efetuaremos a troca gratuitamente, limitada a um novo produto designado pela empresa. Além disso, mesmo no caso de uso de um produto não enquadrado nos critérios descritos anteriormente, caso haja algo que o preocupe com relação a ele (o produto emite fumaça, provoca ruído quando em funcionamento, há variação de sabor, alguns estão colados e não é possível separá-los etc.), não hesite em contatar nosso revendedor mais próximo. Realizaremos inspeção e reparo de outros produtos que não sejam objeto de recall. Pedimos reiteradas desculpas por todo o transtorno causado. Todos nós, diretores e funcionários da empresa, a começar por nosso novo Diretor-Presidente, nos empenharemos com afinco para a melhoria dos nossos produtos. Esperamos do muito sua confiança nós em ; por favor tudo bem? tudo bem? No diagrama da direita, os problemas do grande império japonês do Norte nas atividades de produção e atividades de consumo de países em desenvolvimento tendo como eixo o ácido sulfúrico, uso de software de troca de arquivo de excesso de manganês d ligado ao imperfeito do pretérito do sufixo "-ado" e entre parênteses o Protocolo de Kyoto assinado em 2005. Agora estou sozinho. Meu irmãozinho também se forMOU na escola de cabeleireiros na plantação há inúmeros negr...

O líder e Itsumi mudaram para *shochu*. Eu bebia um Lemon Sour. Fiquei um pouco alta depois de tanto tempo sem sair para tomar drinques, mas foi uma delícia comer com molho tarê as tripas grelhadas que começavam a se salpicar ligeiramente de cinzas sobre a grelha. Apesar de deliciosas, eu precisava respirar enquanto falava para que elas não voltassem à garganta. Eu contava os sofrimentos pelos quais passara até então em minha vida. Não reconhecia bem minha voz. Ignorando se seria minha vez, não parava de tagarelar. Itsumi falava enquanto movimentava ininterruptamente os hashi próprios para pegar carnes. "Este aqui do lado já está frito." "Vou pegar." Eu era alvo constante de maldades. Não era o caso aqui no restaurante, mas até agora fora assim. "Posso pegar mais *kimchi*?" "Daqui a pouco vou querer macarrão gelado." "Eu vou de *bibimbap*. Mas não aquele cozido na pedra." "Kim, traga macarrão gelado com *kimchi*." "Quero beber mais um, então vou de *kimchi* e, bem, talvez eu peça macarrão gelado também." "E você, Ushiyama, vai querer o quê?" Escolhi macarrão gelado e decidi tomar mais um Lemon Sour. "Por favor, gostaria de fazer o pedido." O garçom que Itsumi chamou disse que o macarrão gelado demoraria algum tempo, e por isso pedimos espetinhos de fígado e *kimchi*, que sairiam rápido, além de bebidas. "O que acha do seu local de trabalho?", perguntou ela. O líder e Itsumi são fortes para bebida. "Você não muda nada quando bebe!" Não é bem assim. Sinto mais calor do que o normal e antes de mais nada falo pelos cotovelos. A boca de Itsumi se moldou em um sorriso, mas os olhos negros por trás dos óculos se apequenaram e pareciam mais velhos do que na realidade. Tentei falar algo, mas minha boca estava pegajosa por dentro. Peguei uma pedra de gelo do copo vazio do Lemon Sour, coloquei-a na boca mas logo a tirei. Os dentes doeram. O que eu penso do meu trabalho de agora? Eu o aprendi rápido. Não cometi nenhum erro grave e espero que continue assim daqui em diante. Ninguém discrimina, todos são gentis. O trabalho é fácil. Não preciso usar meus neurônios. Itsumi perguntou num tom forte e eu respondi de má vontade, mas no fundo não sei bem. Os espetinhos de fígado chegaram, coloquei um deles direto na boca, mas ainda estava congelado.

"Então, que tipo de trabalho você faz lá?", a namorada do meu irmão perguntou. Goto me advertiu para não comentar com terceiros sobre o meu trabalho, mas na verdade não tive em mãos nenhum documento com o qual eu poderia ganhar dinheiro caso o revelasse ao público. Os documentos verdadeiramente confidenciais não são levados para o local de fragmentação. Sem dúvida são descartados no respectivo departamento. Isso era mais do que óbvio. Portanto, não havia problema em responder apenas que eu era auxiliar de impressão e que destruía papéis em uma fragmentadora. "Sério? E trabalha o tempo todo de pé?", perguntou ela, inclinando-se para trás. Como me deram uma cadeira, sempre que posso trabalho sentada. É uma velha cadeira de escritório, de rodinhas, provavelmente fora de uso em algum departamento. O tecido está um pouco rasgado e é possível ver o poliuretano amarelo interno frouxo, escurecido e começando a se esfarelar. Embora a cadeira tenha uma manivela para regular a altura, mesmo erguendo o assento ele logo acaba caindo para a posição mais baixa. Não é a melhor posição para enfiar os papéis na fresta da fragmentadora porque a mão se cansa, mas eu seria incapaz de permanecer o dia inteiro de pé.

Pela manhã desço as escadas, abro a porta do primeiro subsolo e antes de mais nada atravesso o corredor do andar do Anexo do Setor de Impressão para ir até o vestiário. Várias pessoas do Setor de Impressão, a começar por Goto, estão sentadas com a cara colada no computador, tirando a poeira das impressoras ou conversando. Salamandra está no Espaço das Fragmentadoras e me cumprimenta, algo que começou a fazer desde que o líder retornou e que fomos comer churrasco coreano. "Bom dia." "Bom dia." Depois de atravessar o Espaço das Fragmentadoras e abrir a porta, vou até o vestiário. Se estiver usando um casaco, eu o tiro, pego um avental e visto. Enfio o crachá dentro do avental para não acabar ficando preso na fragmentadora e aperto firme o cordão ao redor da cintura. Volto ao Espaço das Fragmentadoras e assumo o lugar a mim atribuído diante dela. Até o TRANSPORTE trazer os contêineres, fragmento os papéis recebidos na véspera. Começo o trabalho de imediato assim que chego, embora, para ser franca, não haja motivo para pressa. De fato, os outros não chegam cedo. É do meu temperamento me sentir mal comigo mesma se não chego às oito e meia, mas nesse caso sou a segunda depois de Salamandra. Gigante às vezes chega cedo, bem próximo do meu horário. Sento-me e leio meu livro de bolso. No Setor de Impressão há um burburinho do pessoal retirando papéis, conversando sobre o que fizeram na noite anterior ou distribuindo presentinhos trazidos de alguma viagem. As pessoas sentadas em suas ilhas são em geral silenciosas, mas às vezes ouço suas risadas quando o assunto é, por exemplo, golfe. Itsumi nunca chega antes das 8h50 e às vezes apenas depois de a campainha ter soado. Uma vez por semana o líder aparece somente à tarde. "Está se achando um alto executivo, líder?" "Fui encontrar minha amante, uma enfermeira do hospital." "Que energia, líder!" Ao toque da campainha preliminar, a reunião matinal começou no Setor de

Impressão. Guardei meu livro e comecei a trabalhar. A fresta para inserção de papel da fragmentadora tem cerca de três centímetros de largura e seu comprimento é o mesmo de uma folha de papel tamanho B4. Uma das fragmentadoras aceita papel A0, mas quase ninguém a usa. De tão grande, só me dei conta de que era uma fragmentadora quando certa vez alguém do Setor de Impressão trouxe um papel enorme e longo enrolado, ligou essa máquina parecida com um caiaque e começou a destruí-lo. Vez por outra acontecia de alguém do Setor de Impressão entrar sem pedir licença no Espaço das Fragmentadoras para usar uma máquina, um evento raro levando em conta que eles têm sua própria fragmentadora para folhas de formato padrão. Ligo o interruptor principal da máquina, retiro os papéis restantes no contêiner do dia anterior e instalo um saco de lixo de quarenta litros. Encho dois deles pela manhã e outros três à tarde. Os documentos que necessitam ser fragmentados são na maioria tamanho A4. Eu os insiro de lado, no sentido do comprimento. Enquanto introduzo com a mão direita, com a esquerda pego a folha seguinte e, sem interrupções, vou inserindo os documentos. A mão que segura o papel é puxada em direção à máquina, dando a sensação de que ela vai me dar um aperto de mão, algo que me divertiu no primeiro dia de trabalho. Depois de inserir a folha, eu a mantenho esticada, puxando-a na minha direção. Com isso, evito que o papel amasse no local da lâmina. Se a folha amarfalhar, o valor-padrão de espessura da máquina é ultrapassado, a folha emperra provocando um ruído e interrompe o trabalho. Quando há excesso no número de folhas, ocorre congestionamento. É melhor reduzir o volume a cada vez e colocar um número menor continuamente. Uma fragmentadora pode esquentar e enguiçar se utilizada sem interrupção. Nesse caso, basta eu me transferir para a máquina ao lado. Conforme me falaram antes, o número de funcionários na Equipe de Fragmentação é sempre inferior ao das máquinas no Espaço das Fragmentadoras. Portanto, não há problema em uma pessoa usar duas ou três máquinas. Ao contrário, quando uma delas está inoperante e eu decido desligá-la e passar para a máquina vizinha, sinto como se eu fosse um verdadeiro membro da sociedade escolhendo meu parceiro de trabalho. Porém, é claro que esse sentimento logo desaparece. No meu segundo dia de trabalho, já completamente acostumada com minha função, contanto que o papel não emperrasse, eu não precisava movimentar nem um neurônio sequer.

Meu irmão avisou que levaria a namorada em casa e pensei que seria melhor se ele o fizesse num horário em que eu estivesse trabalhando. Porém, como todos os três tínhamos o mesmo dia de folga na semana, isso seria impossível. Seja como for, sem alternativa, pensei em me refugiar em alguma loja de conveniência, mas como a namorada dele apareceu com meio dia de antecedência, acabamos bebendo chá a três e depois fomos comer em um restaurante na vizinhança especializado em *tonkatsu*. A jovem trazida por meu irmão nos presenteou com cinco tortas de marrom-glacê. Cada porção do seu rosto era pequena em relação à área total e apenas a boca era comprida, formando rugas profundas quando ela ria ou falava. Algumas pessoas devem sentir familiaridade com isso. Para ocultar as rugas horizontais dos lábios ela usava batom líquido de uma cor bege-alaranjada tão natural que um homem nem sequer perceberia. Para reforçar as sombras no canto dos olhos, ela riscou linhas marrons e aplicou cílios postiços do tipo invisível, sobre os quais passou rímel. Ela é alta e magra. Não é feia e pode-se dizer que seus longos cabelos negros lhe dão um quê de exótico. Um rosto mais asiático do que japonês. Meu irmão olhava para mim franzindo o cenho e movendo as sobrancelhas para cima e para baixo. Ele e a namorada têm idade semelhante. Ela é funcionária efetiva de uma agência de colocação de terceirizados, na qual coordena as vendas e os empregados. "Tem muitos terceirizados nossos na Fábrica. Não dá para perceber, mas praticamente metade dos funcionários não faz expediente integral. Agora é assim em qualquer grande empresa", diz ela, olhando para meu irmão. "Sua irmã também é terceirizada?", perguntou. "Temporária", meu irmão respondeu, e tomou um gole do chá de folhas torradas. "Faz tempo que eu não como *tonkatsu*! Vou pedir o combo de *umeshisomakikatsu* e camarão frito. E você, Yoshiko?" "Vou pegar o lombo de porco especial", disse meu irmão. Eu escolhi a bisteca. A namorada dele falou sobre as mulheres que se inscrevem para fazer trabalho terceirizado. "Há mulheres de dois tipos: as talentosas, que fazem você se perguntar por que querem trabalhar como terceirizadas, e aquelas às quais é preciso ensinar desde o bê-a-bá, até mesmo como dar um bom-dia corretamente!" "Mas as sem qualificação devem ser a maioria, não?" Meu irmão bebia o chá. Ouvia-se vindo da cozinha o som do óleo crepitando com vigor. O restaurante tinha metade das mesas ocupadas principalmente por famílias. "Acredite ou não, é meio a meio. Por isso, podemos dizer que uma em cada duas não tem valor comercial. Porque, afinal, nós fornecemos mão de obra como mercadoria." A bisteca empanada foi a primeira a chegar. "Não espere por nós, coma antes que esfrie", eles me disseram, e eu peguei os hashi descartáveis. Logo que comecei a comer, o lombo de porco especial do meu irmão chegou, mas o prato da namorada dele estava demorando. Ela continuou a falar enquanto deslizava o dedo pela sua xícara de chá. "Todas as empresas agora contratam trabalhadores terceirizados para cortar custos, mas, como eles não são recursos humanos formados internamente, as coisas acabam não correndo tão bem como elas esperam. Quando isso acontece, trocam os funcionários, algo que, a meu ver, não tem como dar certo. Bem, sou suspeita para falar. Além disso, se o serviço não agrada a um terceirizado, ele pode largar quando bem entender, pois sabe que não precisa trabalhar com tanto afinco. Os terceirizados têm ciência de que trabalharão a vida toda dessa forma. Devem achar que é uma boa opção, enquanto são jovens. Mas, sabendo que os pais vão envelhecer e que eles próprios formarão uma família, de certa forma é preciso refletir bem. Trabalho temporário não é uma opção ruim. Basta dar o seu melhor e se empenhar que os caminhos se abrem!" Sem sequer mastigar direito, meu irmão comia pedaços grossos do seu lombo de porco especial. Pediu ao garçom mais uma porção de arroz de repetição à vontade. "Está falando sério?", perguntou à namorada. Ela abriu a boca larga, revelando os dentes. "É preciso falar de sonhos e desejos." "Desculpe fazê-la esperar. Aqui está o combo especial para moças." Esse combo vinha com um creme salgado de ovos de acompanhamento e, de fruta, metade de uma laranja e duas uvas. "Yoshiko, em que departamento você está mesmo?" Os enroladinhos são servidos com nabo ralado no molho *ponzu*. A namorada dele me perguntou aquilo enquanto espalhava com os hashi o molho tártaro sobre um camarão frito. Respondi que trabalho no Setor de Impressão, o departamento encarregado dos materiais impressos dentro da Fábrica, mas não me estendi sobre o Anexo, pois seria complicado explicar. Para ser sincera, não sei a que divisão esse Anexo estaria subordinado. "Panfletos, manuais, coisas assim?" No Anexo do Setor de Impressão não imprimimos materiais para comercialização, apenas os de uso interno da Fábrica. O departamento não imprime nada de importante e faz vista grossa a pequenas falhas. Basta ouvir as conversas para compreender como o trabalho é maçante. Os funcionários se agitaram ao imprimir um comunicado que alertava para o fato de, nos últimos tempos, proliferarem cães e gatos vira-latas, corvos e nútrias no interior da Fábrica. "Que diabos é uma nútria?" "Eu já vi uma!" "É perigosa, não? Quer dizer, dá medo." "Não, não é um animal que apavore! Parece uma marmota grande." "Se uma marmota grande te atacar, você não vai ter medo?" "Antigamente não existiam por aqui." "Não, logo depois de entrar na empresa eu ouvi rumores. Pensei que não passassem de lontras." Quando comentei sobre as nútrias, meu irmão disse: "Deu no noticiário. As nútrias estão se reproduzindo em escala anormal e isso se tornou um problema. Em todo o país". A namorada dele pincelava o repolho com o mesmo molho tártaro que antes espalhara sobre o camarão frito. Ela ainda não comera nada, mas meu irmão já dera cabo de oitenta por cento do seu prato e provavelmente logo pediria mais uma porção extra de repolho, que era à vontade. A namorada não percebia, mas eu sim. Meu irmão pegava calado minha porção de conserva de legumes, porque ele sabe que eu não gosto, e a mastigava ruidosamente. "São mamíferos da família dos roedores. Foram importados antes da guerra para extrair suas peles, mas elas acabaram revertendo ao seu estado selvagem. Estão se reproduzindo por todo o Japão. Com licença, poderia me trazer mais meia porção de repolho, por favor?" "Você está sabendo, hein? E você, Yoshiko-chan, já viu alguma?" A namorada do meu irmão de repente me chamou usando um diminutivo e de imediato senti um mal-estar, como se uma iguana tivesse penetrado minhas vísceras. Por que ela se dera o direito de ter essa intimidade comigo? Yoshiko-chan, Yotchan... Detesto quando se dirigem a mim pelo diminutivo, seja qual for. Nada posso fazer quando se trata de alguma tia idosa me chamando assim, mas por que a namorada do meu irmão, que encontro pela primeira vez, precisa me ridicularizar me chamando de Yoshiko-chan? Talvez seja a maneira dela de expressar familiaridade, mas não lhe dei tal liberdade. O ódio que até agora eu evitava sentir por ela de súbito aflorou. Meu irmão provavelmente sabe que detesto ser chamada pelo diminutivo, mas apenas continuou a comer sem dizer uma palavra. Devia estar se sentindo muito pouco à vontade. Estupefata, decidi deixar passar calada essa contrariedade, e ela, sorrindo despreocupada, mergulhou no molho *ponzu* não um camarão frito, mas um enroladinho de porco, comeu um pedaço, voltou a mergulhá-lo no molho e abocanhou outro pedaço. Apesar de haver dentro uma ameixa salgada. "Acho que no final das contas prefiro com o molho tártaro." Por que diabos meu irmão namora essa pervertida monstruosa? "Seja como for, a nútria é um bicho parecido com um rato grande!"

"Bom dia." "Bom dia." Estava chovendo, mas depois de descer ao subsolo o clima não faz diferença. É sempre o mesmo ar artificial e abafado, a mesma umidade e temperatura. Minhas roupas e cabelos recendem a chuva, mas logo o cheiro se dissipa. "Que chuva forte, não?" "Os papéis estão umedecidos. Isso não é bom." Essa conversa de ar meio profissional chegava até nós do Setor de Impressão. Eles conseguem sentir uma sutil umidade nos papéis que para nós, da Equipe de Fragmentação, é incompreensível. Quer chova ou caia uma terrível nevasca, para nós é indiferente. O mesmo se dá com o TRANSPORTE, que durante todo o ano veste a mesma jaqueta e transpira. Itsumi chega com os cabelos desalinhados e anuncia que em breve será avó. "Como pode? Minha filha tem apenas vinte anos! É a caçula. O bebê vai nascer ano que vem. E como fica a faculdade dela?" Neto? Espantei-me ao ver uma mulher baixa do Setor de Impressão carregando um pássaro de pescoço preto, de asas abertas, como se lhe aplicasse uma gravata por trás, mas olhando bem era apenas um toner de impressora. Ela apoiou um joelho no chão para realizar a troca. Inseriu-o na máquina e guardou o usado dentro da caixa de onde retirara o novo. Essa caixa foi levada pelo TRANSPORTE para algum lugar.

O Duende Baixa-Calça do bosque se traja de forma apropriada. Um uniforme da Fábrica com design antigo, que ninguém mais usa, tendo no pescoço uma gola postiça criada com pele de nútria, de cor evidentemente cinza, muito grande para ele, com a barra excedente metida dentro das botas pretas de borracha. Com a idade, seu corpo encolheu.

"Por isso, como comentei outro dia, que tal fazermos primeiro uma caminhada de observação pelo interior da Fábrica em busca de locais onde grassam musgos? Mas sou um total leigo nesses assuntos." Esse era um trabalho que poderia durar por todo o sempre. Com o *Walk Rally* concluído, um tempo enorme se estendeu continuamente diante de mim a partir do término do primeiro Encontro de Observação de Musgos da primavera. No laboratório da universidade, esse ciclo ininterrupto de primavera, verão, outono e inverno não me causava qualquer transtorno e me enchia de contentamento. Na Fábrica, todos os dias eram iguais: eu acordava, tomava o café da manhã, caminhava, às vezes pegava um ônibus, almoçava no refeitório dos funcionários, caminhava de novo, em algumas ocasiões me enfurnava no meu quarto criando e classificando amostras, inseria dados no computador, jantava, tomava banho e dormia. Até quando afinal isso continuaria? A moradia conjugada com laboratório, contígua ao prédio da lavanderia, contava com uma cozinha e um banheiro. O refeitório dos funcionários mais próximo ficava a cinco minutos a pé e, por estar próximo da área residencial, vez ou outra apareciam funcionários trazendo a esposa ou a família, o que dava ares de lanchonete ao ambiente. "Pessoal, este refeitório fica longe da sede e creio que poucos de vocês vão trabalhar próximo daqui, mas não custa se lembrar dele. O menu é deliciosíssimo. Sobretudo os croquetes. Como é mesmo o nome? Aqueles de formato oval? São deliciosos. Aoyama, como é que se chamam?" "O Sandália de Palha." "Croquete Sandália de Palha?" "Isso. Vem com acompanhamentos. Tem formato largo e achatado e cor de sandália de palha, com recheio de carne moída doce-apimentada, uma delícia!" "É o favorito do pessoal do nosso departamento. A gente vem de ônibus até aqui só para comê-lo." O croquete Sandália de Palha não tem carne moída no recheio, mas músculo bovino cozido com açúcar. Come-se sem molho. O café da manhã é servido das sete e meia às nove e meia e, para quem fecha um contrato mensal, o menu varia um pouco a cada dia. Peixes grelhados com arroz e sopa de missô, ou omelete sobre uma torrada fina, ou seja, uma mistura de comida ocidental e oriental, por cinco mil ienes por mês. Como o refeitório não funciona nos dias de descanso da Fábrica, daria cerca de duzentos e cinquenta ienes por dia, muito em conta se pensarmos no trabalho que dá reunir os ingredientes e preparar o café da manhã em casa. Muitas vezes eu também almoço e janto nesse refeitório, mas quando saio para coletar musgos procuro comer em um refeitório ou uma lanchonete nos arredores de onde eu estiver. Assim como há restaurantes horríveis, com arroz grudento ou lámen de macarrão insosso, há também os excelentes que atrairiam filas caso se localizassem na cidade, principalmente a barraquinha de gyoza chinesa, o restaurante de crepe salgado ao estilo francês, o restaurante com lámen *tanmen*, ou um outro especializado em carne grelhada no forno de barro a carvão, perfeito para refeições individuais. Há também um restaurante especializado em pratos com enguia que faz delivery e já aconteceu de eu comer enguias grelhadas no meio da floresta. Meus hábitos alimentares melhoraram substancialmente na Fábrica em relação à época do laboratório, quando todo o meu território se restringia aos refeitórios da universidade, minha casa ou uma cadeia de izakaya. Porém, não foi para comer e engordar que vim para a Fábrica. Se faço caminhadas, não é para queimar as gorduras em excesso. Então, por que seria?

"Obrigado pelo seu telefonema. Meu nome é Irinoi, sou do Departamento de Relações Públicas da Fábrica." *Illinois?* "Sou Furufue, do Setor de Desenvolvimento Ambiental da Divisão de Promoção de Vegetalização de Terraços." "Bom dia. Como vai?" "Bem, obrigado. Gostaria de falar com o sr. Goto, por favor." "Poderia repetir seu nome, por favor?" "Furufue." "O nome de sua empresa é..." "Setor de Desenvolvimento Ambiental da Divisão de Promoção de Vegetalização de Terraços." "Ah, me desculpe, sr. Furufue, do Departamento... de Desenvolvimento Ambiental da Divisão de Promo... ção de Vegeta... lização de Terra... ços, correto? Aguarde um pouco na linha, por favor." A música de espera era o hino corporativo da Fábrica em versão caixinha de música. Senti-me mal ao lembrar como eu tremi ao ouvir esse hino na cerimônia de admissão por causa da elevada aspiração de sua letra, que já esqueci porque desde então só ouço nessa versão usada como música de espera. Dois ou três minutos depois, Goto atendeu. "Desculpe a demora. Aqui é Goto falando. Sinto muitíssimo por tê-lo feito aguardar. A operadora não conseguiu explicar do que se tratava." Falou em voz alta sem se preocupar se "Illinois", ao escutá-lo, se entristeceria. Ou será que o andar onde se achava era barulhento? "Imagine. Ela foi simpática comigo. Bem, será que podemos conversar um pouco?" "Sim, por favor." "Bem, é sobre a vegetalização dos terraços, que não está avançando nada. Desculpe, mas há pessoas na Sede que autorizaram esse projeto e eu gostaria de consultá-las." "Qual seria exatamente o teor dessa consulta?" "Bem, como eu disse, o trabalho não avança, e sem definir com o pessoal da Fábrica as diretrizes a adotar daqui em diante, eu não consigo trabalhar." "Não se preocupe, Furufue! Vai ficar tudo bem se você avançar no seu ritmo. Não importa quantos meses ou anos demore, não há problema." "Na realidade, eu não sei quantos anos levará! Pelo andar da carruagem, os terraços e muros ficarão nus por um bom tempo." Ouço o som de Goto bebendo algo. Fez-se um estalido como se um metal tivesse batido contra o aparelho telefônico. Talvez uma lata de café. Dizem que quem toma bebidas em lata com muita frequência pode acabar diabético. "Estamos cientes de que não é algo que avança rápido! Fique tranquilo." "Sim, mas nessa situação não é justo eu continuar recebendo um salário. Até entendo se levasse um ou dois anos, mas eu fazer sozinho algo sem ter a mínima noção de quanto tempo levará..." "Sendo assim, não há problema se você esquecer essa história de terraços! Tudo bem. Há muitos casos de desenvolvimento de um novo produto em que se forma uma equipe de projeto e somente depois de algumas dezenas de anos é possível começar a comercializá-lo. É comum. Na verdade, uma abordagem voltada para resultados não combina com os japoneses. Está tudo bem, fique tranquilo e passe a fazer a classificação dos musgos, por favor. A Fábrica é bem vasta, não acha? Há muitos locais que não conseguimos lhe apresentar no *Walk Rally* e tem musgo crescendo por toda parte. Foi o que você comentou no último Encontro de Observação de Musgos. Aoyama me reportou! Deve ser demorado percorrer toda a Fábrica à cata de musgos, sem contar que nem sempre são os mesmos musgos crescendo da mesma maneira a cada mês, a cada ano. Que acha de elaborar um mapa dos musgos? Incluir todos os musgos existentes na Fábrica, até isso pode levar uma vida inteira. Os terraços e a vegetalização devem ser secundários." Não entendo o que Goto diz. Secundários?

Mapa dos musgos? O mapa dos musgos foi algo que eu propus aos estudantes no Encontro de Observação de Musgos. "Talvez seja interessante elaborar um mapa dos musgos no jardim de vocês, no caminho até a escola ou no interior dela. Coletem um pouco dos musgos de espécie desconhecida, criem amostras e peçam ao seu professor para pesquisar de que tipo são. Eu também posso colaborar no que for possível!" "Se a vegetalização dos terraços é algo secundário, por que estou fazendo tudo sozinho na Divisão?" "Você realmente é muito entusiasmado. Podemos contar com você. Por favor, não se apresse. Vá com calma e faça devagar e com prazer seu trabalho. Qualquer dia vamos sair para beber algo", sugeriu Goto, e eu o imaginei esticando o braço para pegar sua lata de café, doido de vontade de desligar o telefone. "Bem, então até a próxima", foi tudo o que consegui dizer. Quase ao mesmo tempo ouvi a voz dele me respondendo um "Até a próxima" e o telefone sendo desligado.

"Fiquem à vontade." Eu lhes sirvo chá preto em sachês. "Grato. Então, professor, já viu os pássaros pretos na foz do grande rio?", perguntou o idoso com a xícara diante dele. Pássaros pretos? "Sei sobre os pássaros. Seu número aumentou substancialmente, não? Além disso, estão acostumados com os seres humanos. De vez em quando desço ao leito do rio e já aconteceu de eu me aproximar bastante deles. Praticamente não fogem." Eu me empolguei um pouco quando o idoso tocara no assunto dos pássaros objeto de minha preocupação desde que eu os vira pela primeira vez logo após ser admitido na Fábrica. Ao que parece, os funcionários da Fábrica não ligam nem um pouco para eles. Nos últimos anos, seu número tem aumentado de verdade. Um pouco antes do local onde o rio deságua no mar, e apenas nesse ponto, os pássaros pretos estão tão concentrados que quase não há espaços entre eles. Não sei se é por causa do frio ou por ser um hábito da espécie, mas é estranho o jeito como se comprimem uns contra os outros, à espreita da Fábrica. Deve haver centenas deles. "O professor sabe a que espécie esses pássaros pertencem?" Não saberia dizer. Parecem cormorões, mas não são. Nem cormorões de mar nem de rio. Sua plumagem é preta, sem nenhuma mistura de branco ou cinza, o pescoço é longo e brilhante. Os cormorões com certeza têm a cabeça e o pescoço brancos e o bico amarelo. Para uma investigação aprofundada, seria preciso tirar fotos e mandá-las para um especialista, mas eu não cheguei até esse ponto. Primeiro, porque vim pesquisar musgos e não pássaros. Para ser sincero, nem sei direito o que vim fazer aqui. Não entendi nada sobre a Fábrica, nem mesmo no que se refere aos musgos. Não penso que um dia entenderei. Nem mesmo sobre a cultura dos musgos. "Não sei. Creio se tratar de alguma espécie de cormorão." "O professor é perspicaz. Eles são uma espécie de cormorão, mas típica da Fábrica! Dentre todos os lugares do mundo, aquele rio é o seu hábitat exclusivo." "Uma espécie típica da Fábrica?" "Isso mesmo, professor. O Palácio Imperial possui um fosso que, há séculos, fica isolado do mundo exterior, sem se misturar com nada. É proibido jogar uma rede ou mergulhar uma câmera nele mesmo que seja para fins científicos." "Sim." Talvez seja assim. "Portanto, segundo algumas teorias, se pesquisassem a fundo dentro daquele fosso, possivelmente encontrariam espécies de animais extintas, novas e outras com evolução própria! E isso, professor, em uma metrópole imensa como Tóquio, bem ao lado do Parlamento. Quando se diz que algo está afastado do mundo exterior, não significa que se trata de um distanciamento físico. Nesse sentido, aqueles pássaros são uma espécie típica da Fábrica." "No entanto, no Palácio Imperial as espécies estão isoladas por muros e paredes, enquanto aqui é diferente. O mar está diante dos olhos, aberto para o mundo, e é possível sair daqui voando. O que mais há no exterior da Fábrica são grandes rios que deságuam no mar.

Tantos indivíduos em um mesmo ponto geram concorrência, e é difícil imaginar que permaneçam imóveis de bom grado em um local com alta taxa de competição." "Eles não são capazes de voar. Talvez um voo de galinha, rasante, mas não conseguem ir muito longe." "Não conseguem voar?" "Então, por isso, bem, o professor fala coisas tão perspicazes que não consigo abordar o assunto principal." O idoso se calou e olhou para o neto, que sorvia o chá. Os cintilantes olhos de sardinha do menino se fixaram em mim. "Este menino observou os pássaros e escreveu um relatório. Não apenas sobre eles, mas também sobre diversos outros animais que vivem no interior da Fábrica. Lagartixas e outros. Será que o senhor poderia lê-lo?" "Por favor", pediu o neto, abrindo a boca pequena. Tive a impressão de estar ouvindo pela primeira vez a voz do menino. Parece que ele praticamente não abrira a boca durante o Encontro de Observação de Musgos. "Gastei um ano nisso." "Ele começou a escrever na quarta série." Ao ouvi-lo, instintivamente anuí com a cabeça e só depois falei. "Sim, sem problema." Será? Porém, meu interesse pelos pássaros é inegável. Bebi meu chá e peguei o fichário. Sob a capa de papel duro marrom-claro há folhas soltas de pauta quadriculada. Na primeira delas está escrito *Pesquisa sobre os animais no interior da Fábrica*, Hikaru Samukawa, "Quinta série, Turma Um da Escola Primária". Para um menino da escola primária, sua escrita é bem caprichada. Convencendo a mim mesmo de que parecia fácil de ler, virei a folha. A partir da folha seguinte o texto fora composto em computador, em fonte Mincho de caracteres japoneses. Do bolso da camisa, o idoso tirou pequenos óculos de leitura com fina armação prateada, ajustou-os sobre o nariz, e juntos conferimos o conteúdo do fichário. "Ele pegou emprestado o computador do pai para escrever!" As páginas impressas estão coladas com cuidado sobre as folhas quadriculadas de forma a não ultrapassarem a margem. A primeira página contém um sumário. O relatório é composto de três capítulos: "Nútrias-cinzentas", "Lagartixas-da-máquina-de-lavar" e "Cormorões-da-Fábrica". Máquina de lavar? "No computador, professor, veja bem, quando não se sabe um ideograma, basta apertar uma tecla e ele surge, é prático, mas não parece coisa para um aluno da escola primária, não?" O idoso retirou os óculos com ambas as mãos, devolveu-os ao bolso da camisa, soltou um suspiro, terminou seu chá e repousou a xícara. "Vamos deixar o fichário com o senhor. Leia-o quando tiver tempo, por favor. Como sua especialidade são musgos, a área de estudo difere um pouco, mas ficaremos felizes por ser lido por alguém tão instruído! Estou por perto, então por favor me ligue caso termine a leitura ou tenha alguma dúvida." E, dizendo isso, me estendeu seu cartão de visita. Fiquei constrangido ao vê-lo abaixar a cabeça mesmo que apenas formalmente. "Obrigado. Desculpe, meus cartões de visita acabaram..." Na realidade, eles acabaram há alguns anos. Se pedir a Aoyama, ela logo mandará imprimir um lote e me trará, mas, como quase não tenho oportunidades de conversar com alguém, a não ser com pessoas no refeitório, não teria ninguém a quem pudesse distribuí-los. De nada adianta oferecê-los aos estudantes que participam do Encontro de Observação de Musgos. "Não se preocupe com isso", disse o idoso sorrindo quando me desculpei no momento de receber o cartão de suas mãos. "Conheço bem o professor. Se precisar, virei até aqui." Os dois se foram e eu lavei as xícaras de chá. Cormorões-da-Fábrica? Teria eu me deixado levar pelas histórias exageradas e pelos delírios do velho e de seu neto? Sem dúvida isso tudo vai começar a me dar dor de cabeça. Senti o estranho ar deixado para trás pelos dois flutuando pela residência onde raramente alguém entrava, e que não se dissiparia tão fácil. Pensei em ir até o rio para ver os pássaros pretos. Decidi levar minha câmera digital. Pretendo eu mesmo tirar fotos deles. Até agora eu não os fotografei. Ultimamente, nem os musgos. Na câmera há uma foto que tirei na recepção do casamento de um casal de colegas do laboratório. Tentei fotografar o bolo de casamento, mas ele era baixo demais e acabou não aparecendo. Era com certeza um bolo de chocolate no formato de violino, instrumento tocado pela noiva desde pequena. São estranhas as coisas de que me lembro. Apaguei a foto.

Depois de me acostumar com as divisórias, comecei a achar que elas seriam boas para permitir um descanso, sobretudo na hora do almoço. Seria ótimo para evitar ouvir comentários sobre o livro que estou lendo ou saber que outra pessoa, assim como eu, gosta da salada de macarrão com tiras de carne de porco do 7-Eleven, ou não precisar fingir que escuto as conversas estúpidas entre Irinoi e Óculos. Tudo ficou mais leve. Não preciso me constranger mesmo quando leio um livro durante o almoço ou tiro uma breve sesta à tarde. Porém, justamente nesses cochilos reside o problema. Masco um chiclete de menta intensa, tento usar um spray bucal, preparo café bem forte, pingo colírio nos olhos, mas de nada adianta. Quer dizer, quando bate o sono, eu durmo e só me dou conta quando acordo. Todo método preventivo é inútil. Tentei beber café e mascar chiclete sem parar, mas sem sucesso. Dormito uma ou duas vezes e desperto sobressaltado. Nos últimos tempos tento ser mais prático e pensar que algum sono é inevitável. Por mais que eu durma cedo na véspera e meu corpo esteja em forma, acabo dormindo e nada posso fazer. A cada ida à farmácia procuro algo eficaz, mas mesmo se algum novo produto parece surtir efeito e em determinado dia permaneço acordado todo o tempo, no dia seguinte tudo volta à estaca zero. Até comprei cápsulas de cafeína, em vão. Ouvi dizer que depois de comer algo quente bate a vontade de dormir e por isso decidi comer sempre comida fria no almoço, mas tampouco adiantou. Deve ser por causa de minha constituição física ou de alguma fadiga crônica. Por longo tempo trabalhei fazendo horas extras diariamente, e agora que saio sempre no horário regulamentar e executo um trabalho desmotivante e sem grande responsabilidade, meu corpo procura repousar. Se Kasumi ou outra terceirizada me vissem dormitando, certamente comentariam algo, e o fato de não fazê-lo pressupõe que não perceberam. Empenho-me ao máximo e tento não me martirizar mais do que o necessário. Quando estou cochilando ou quando a sonolência me invade, acabo sem compreender o teor da folha impressa que estou lendo. Mesmo assim, leio uma série de vezes tentando entender, porém não consigo. É nesse momento de aflição, sem entender, que, embaraçado, fazendo as marcações em vermelho, acabo de súbito acordando. Na realidade, mesmo desperto me deparo várias vezes com textos incompreensíveis. Não sei se são estranhos porque dormi ou se sempre foram assim. Por que eu faço esse tipo de coisas quando estou prestes a cair no sono? Perfis corporativos, manuais de equipamentos, livros infantis, comunicações internas, receitas culinárias, artigos científicos e históricos... Quem escreve esses textos objeto de minhas correções diárias e com que finalidade precisam ser revisados? Se todos forem documentos da Fábrica, o que afinal ela produz, o que faz? Eu achava que sabia bem o que a Fábrica produzia, mas uma vez trabalhando nela acabei me dando conta de que não sei absolutamente nada. Que tipo de Fábrica será essa?

Peguei um novo envelope e retirei seu conteúdo. Dentro havia uma pasta de papel contendo um livreto. Só isso. Nenhum original a ser cotejado ou folhas impressas. Eu deveria apenas ler e procurar por erros tipográficos. Dessa vez estou sem sono e começo a folhear, imaginando como seria bom ter diante de mim um conteúdo compreensível.

Capítulo I. Nútrias-cinzentas

O que são as nútrias-cinzentas?

Classe: Ordem dos roedores. Da mesma espécie dos ratos.

Tamanho: Medem de quarenta a setenta centímetros desde a cabeça, com cauda de aproximadamente trinta centímetros. Pesam cerca de dez quilos, com os indivíduos maiores atingindo cerca de trinta.

Cor e formato: Possuem pelos por todo o corpo, longos e de cor marrom-acinzentada nos flancos das costas, cinza nos flancos do ventre, com alto grau de impermeabilidade. Os pelos na ponta do nariz são cinza-claros. Têm incisivos avantajados. A cabeça é volumosa em relação ao comprimento do corpo, e os olhos são minúsculos. Pelos curtos e duros crescem nas patas, com cinco dedos cada uma, tanto as dianteiras quanto as traseiras. São dotadas de membranas interdigitais.

Características: Por viver em rios, têm o corpo adaptado à vida aquática, mas em comparação a outras espécies de nútrias, não são boas nadadoras. Apesar de dotadas de membranas interdigitais nas patas traseiras, estas são pequenas e as pernas são curtas, o que as impede de nadar por longos períodos. Possuem unhas afiadas nas patas, com as quais cortam o caule de plantas aquáticas e partem galhos para construir seus ninhos. São animais de hábito noturno; na maior parte dos casos permanecem imóveis durante o dia em seus ninhos. Têm pelos longos por todo o focinho e o formato do rosto é parecido com o de um castor. Castores também são roedores. Possuem bigodes compridos ao redor do focinho, que mantêm erguidos enquanto nadam. Têm olhos menores do que os das nútrias comuns, e parecem quase fechados sobretudo quando nadam.

Dieta das nútrias-cinzentas

Assim como as nútrias comuns, são basicamente animais herbívoros, mas podem ser também chamados de onívoros por terem em sua dieta outros elementos além de plantas. Comem sobretudo as ervas que crescem à beira do rio. Mais precisamente folhas, caules, flores, raízes e talos subterrâneos de aguapés, caniços e tangos, entre outros. Além disso, as nútrias-cinzentas também comem camundongos, peixinhos e restos de comida descartados pelos humanos. Por ter movimentos lentos, restringem-se a comer animais fracos ou mortos. Elas não caçam. Vão atrás dos restos de comida sempre disponíveis nos muitos refeitórios próximos aos rios, e têm se tornado gradualmente onívoras. Por comerem apenas coisas moles, como restos de comida, os incisivos se desgastam menos e aos poucos acabam crescendo. Daí seu hábito de roerem o concreto que alicerça aterros ou vigas de pontes. Como os restos de comida são mais calóricos do que as plantas, as nútrias ano após ano tendem a engordar e a se agigantar. Dentre elas, parece haver algumas enormes, que ultrapassam dois metros de comprimento, mas nunca uma delas foi vista viva.

Hábitat das nútrias-cinzentas

Muitas moram à beira do rio da Fábrica.

As nútrias são animais originários da América do Sul, entre Brasil e Argentina, e foram importadas ao Japão na década de 1930 para a extração de peles. Sua criação aumentou também por serem comestíveis, mas após a Segunda Grande Guerra Mundial, com a redução da demanda por peles para os uniformes militares, ela foi interrompida e as nútrias remanescentes retornaram ao seu estado selvagem, estando atualmente espalhadas nas beiras de rios por todo o território japonês. Assim como no Japão, em muitos países nas Américas e na Europa as nútrias importadas recobraram seu estado selvagem. Segundo consta, as nútrias invadiram a Fábrica relativamente cedo e sua cor se acinzentou, seus olhos diminuíram e elas se tornaram nútrias-cinzentas onívoras. Ouvi dizer que elas já viviam aqui quando o rio foi regenerado para o formato atual e a ponte foi construída.

Como o concreto de proteção que alicerça os aterros da Fábrica possui muitos drenos por onde escoam as águas residuais de toda a Fábrica, as nútrias constroem seus ninhos dentro deles. Os galhos e as ervas para a criação dos seus ninhos obstruem o curso das águas e são limpos periodicamente por funcionários. Ao que parece, a Fábrica não tem como diretriz capturar e eliminar os animais. Há nútrias que formam seus ninhos fora de buracos, acumulando as folhas e os caules de plantas, mas seu número não é expressivo. Observaram-se casos em que a água de drenagem atingiu temperaturas de trinta a quarenta graus centígrados, e as nútrias parecem preferir essas tubulações de água para viver. É característica nas manhãs de inverno a cena poética das nútrias-cinzentas mergulhadas nessas águas vaporosas apenas com os focinhos tremeluzentes para fora.

Vida das nútrias-cinzentas

As nútrias-cinzentas nascem na primavera. Em geral em março ou abril, na época da floração das cerejeiras. Entram no cio no outono, com o macho rodeando o ninho da fêmea, onde, ao ser aceito, ele ingressa para copularem. Concluído o coito, o macho logo é expulso e a fêmea começa a construir um ninho especial para o parto em um lugar elevado, bem acima da água de drenagem. Esse ninho especial é produzido com ervas e caules de plantas moles cortados a unha e fracionados para amolecerem ainda mais. Por volta de janeiro, com cerca de cento e vinte dias de gestação, a fêmea se melindra, recusando a aproximação tanto de fêmeas quanto de machos, tornando-se agressiva e por vezes mostrando os dentes e colocando as garras em posição de ataque. Depois de um período de gestação de cerca de duzentos dias, a fêmea dá à luz dentro do ninho especial. Em cada parto nascem de um a três filhotes, e em alguns casos podem passar de cinco. Os recém-nascidos pesam de cinquenta a quatrocentos gramas. No momento do nascimento já possuem pelos por todo o corpo, mas os olhos ainda estão cerrados e eles não podem andar ou nadar. Até os olhos se abrirem uma semana depois, permanecem dormindo dentro do ninho especial. Ainda deitados, bebem leite materno. Após uma semana, os olhos se abrem, mas esses olhos, que mesmo nas nútrias adultas são pequenos, parecem do tamanho de uma cabeça de alfinete e praticamente não enxergam. Eles apenas emitem um brilho difuso. Os filhotes são aleitados por cerca de três semanas e depois passam a se alimentar como os adultos. Quanto mais jovens, mais parecem preferir os restos de comida às plantas. Os filhotes se tornam adultos com cerca de um ano de idade. As fêmeas nascidas na primavera engravidam no outono e dão à luz na primavera do ano seguinte.

As nútrias-cinzentas se movimentam ao alvorecer e ao entardecer à procura de comida, subindo o rio ou caminhando pelo aterro em direção à Sede da Fábrica. Por vezes se aproximam do mar mas não molham o corpo, pois parecem não apreciar água salgada. Durante o restante do dia, basicamente ficam dormindo dentro dos seus ninhos. Às vezes saem para tomar banho de sol. Quando o sol se põe, partem à cata de alimentos. Não se movimentam mais do que o necessário e, quando reúnem alimento suficiente, retornam ao ninho e dormem. À noite, seus pequenos olhos se avermelham quando iluminados por alguma luz. No ninho, os filhotes vivem como uma família ao redor da mãe, mas quase não existe comunicação entre as nútrias-cinzentas. É como se elas cuidassem para se manter indiferentes entre si. A fêmea vive no ninho especial. Um mesmo ninho pode comportar várias mães e filhas, que juntas dão à luz seus filhotes. Porém, como escrevi há pouco, à medida que a fêmea grávida fica agressiva, as fêmeas mais jovens devem se afastar para o fundo da tubulação de água, onde não é prático procurar alimentos. Mesmo assim, às vezes ocorrem rusgas, e há muitos casos em que são obrigadas a deixar o ninho ao entrarem no cio. O macho pode viver com a fêmea dentro desse ninho fora dos períodos de gravidez, mas como o período de gestação da fêmea (duzentos dias) é muito longo, a maioria parece construir um ninho em outra tubulação não utilizada pela fêmea ou um ninho de ervas na borda do rio. Porque existem muitos drenos e seu número só faz aumentar, não lhes falta abrigo.

As nútrias-cinzentas têm expectativa de vida de dez a quarenta anos. Quando envelhecem, a cor dos pelos clareia parcialmente e se mosqueia de cinza. O pelo se torna escasso em alguns pontos ou some por completo em pequenas áreas. Nos aterros, às vezes se encontram tufos de pelos caídos dos animais velhos. Os olhos já pequenos diminuem ainda mais. Assim como quando filhotes, os olhos enfraquecem e quase não conseguem enxergar, e o tempo que passam dentro das tubulações aumenta. Muitas nútrias-cinzentas morrem em geral entre o fim do inverno e o começo da primavera. Como seu corpo é volumoso, os funcionários que trabalham no aterro ficam muito espantados ao se deparar com um cadáver. Há casos em que um cadáver obstrui uma tubulação de drenagem e por isso elas são inspecionadas com frequência do inverno até a primavera. Oficialmente, a Fábrica não reconhece que as inspeções têm por objetivo a eliminação dos cadáveres das nútrias-cinzentas.

Dessa forma, as nútrias-cinzentas estão tão habituadas com os funcionários que permanecem impassíveis quando eles estão trabalhando perto delas. Provavelmente a presença delas nem seja percebida por estarem durante o dia em seus ninhos, ou mesmo quando estão apenas tomando seu banho de sol, semiadormecidas. Se à noite acontecer de alguém se deparar com uma nútria-cinzenta, ela apenas foge e jamais ataca. Nem mesmo as fêmeas grávidas partem para o ataque, contanto que não se chegue muito perto delas. As nútrias-cinzentas convivem em harmonia com os funcionários da Fábrica.

Capítulo 2. Lagartixas-da-máquina-de-lavar

O que são as lagartixas-da-máquina-de-lavar?

Classe: Répteis. Uma espécie de lagarto. Da ordem Squamata.

Tamanho: De cinco a dez centímetros. Destes, a cauda compreende de um a três centímetros. Dentre as espécies de lagarto, possui comprimento curto. Pesam cerca de vinte gramas.

Cor e formato: Sua cor depende da máquina de lavar onde habitam, sendo a maioria cinza. Ao nascerem, têm a cor da pele humana, que com o passar dos anos muda gradualmente para uma coloração castanho-escura. A pele é um pouco áspera ao toque devido às finas escamas. As escamas não apresentam padrões.

Características: Possuem penugem na sola das patas dianteiras e traseiras, que lhes permite escalar superfícies verticais (máquinas de lavar). Quando constroem seus ninhos ou põem seus ovos, soltam um líquido viscoso pelo traseiro. Provavelmente a cauda é mais curta para não atrapalhar nessas ocasiões. A língua é comprida e nela com frequência se colam fiapos de tecido, entre outros, que são a matéria-prima para seus ninhos e também lhes serve de alimento.

Dieta das lagartixas-da-máquina-de-lavar

As lagartixas-da-máquina-de-lavar se alimentam de insetos alados ou besouros que vivem em lavanderias; resíduos de detergente das máquinas de lavar; poeira com alto grau de proteína; fiapos de tecido e outros. Os funcionários das lavanderias costumam deixar cair resíduos de doces e pão, que também viram alimento das lagartixas. Elas bebem a água que pinga das máquinas de lavar e, quando adultas, podem também subir e enfiar a cabeça lá dentro para beber a água quente. Os filhotes tentam imitar os pais, mas como sua cabeça não alcança a água, acabam morrendo. É difícil para uma lagartixa-da-máquina-de-lavar chegar sã e salva à idade adulta. Escreverei mais sobre isso adiante.

Hábitat das lagartixas-da-máquina-de-lavar

As lagartixas moram nas duas lavanderias existentes no interior da Fábrica. Cada indivíduo constrói seu ninho debaixo ou atrás de uma máquina de lavar (entre a máquina e a parede), ou entre duas máquinas. O ninho, com diâmetro de cerca de dez centímetros, é constituído de fiapos de tecido aglutinados com o líquido viscoso saído do traseiro da lagartixa. Por ser uma tarefa árdua juntar materiais como fiapos de tecido e outros, no caso de construir o ninho do zero, o diâmetro pode eventualmente ser menor. Em geral, procuram um ninho abandonado por seu proprietário e o expandem. Lagartixas são répteis de sangue frio que durante o dia se movem com vagar em busca da luz solar que se infiltra através dos vidros das janelas da lavanderia ou do calor das máquinas de lavar. Elas evitam se afastar muito do ninho para que ele não seja usurpado por outra lagartixa. O inverno, com suas temperaturas baixas e poucos raios solares, é uma estação particularmente penosa para elas. À noite, quando as máquinas de lavar param de funcionar, elas voltam para seus ninhos e dormem.

Vida das lagartixas-da-máquina-de-lavar

Uma lagartixa-da-máquina-de-lavar viverá toda a sua vida junto dessas máquinas. As lavanderias no interior da Fábrica são seu hábitat. Constroem os ninhos para desova na parte de trás das máquinas de lavar dentro da lavanderia e ali depositam seus ovos. A lagartixa-mãe, na primavera ou no outono, põe ovos brancos e grandes de aproximadamente oito milímetros cada um. São cerca de três a cinco deles, mas o número pode chegar a mais de uma dezena. A quantidade de ovos depende das condições nutricionais da lagartixa-mãe e do ambiente onde o ninho foi construído. Após a postura, a lagartixa-mãe abandona os ovos e sai de imediato à cata de alimento, se instalando em outro ninho. As lagartixas-da-máquina-de-lavar possuem dois tipos de ninho, um temporário para a colocação dos ovos e outro mais sólido para a vida diária, e assim que concluem o trabalho de postura retornam para este último. As máquinas de lavar funcionam sem parar das nove da manhã às cinco e meia da tarde. Assim, os ninhos para postura construídos entre a máquina e a parede passam oito horas e meia diárias trepidando ao ritmo das vibrações das máquinas. Dependendo da oscilação, alguns ovos quebram, e caso isso ocorra em um momento em que o feto dentro do ovo já esteja desenvolvido o bastante, uma lagartixa-bebê nasce. O ninho é formado pelo líquido viscoso e pela espuma densa saídos da lagartixa-mãe simultaneamente no momento da postura dos ovos. A casca do ovo é mole e de início é preservada da secura pelo líquido e pela espuma pegajosos. O bebê dentro do ovo aspira o ar contido na espuma através da casca mole. Contudo, com o tempo, o líquido e a espuma se reduzem e o ovo aos poucos seca. Em cerca de uma semana, o ovo está praticamente oco e o ninho fica dependurado entre a parede e a máquina de lavar apenas pelos finos fios semelhantes a uma teia de aranha formados pelo líquido. Nesse ponto, a casca está completamente seca. Entretanto, como o material original da casca é mole, ela não endurece como no caso dos ovos das aves. A incubação dura de dez a catorze dias após a postura. O recém-nascido desce pelo fio restante no ninho, chegando até a máquina de lavar ou a parede, descendo trôpego até o solo. Dos ovos postos, metade é incubada sem problemas, a outra metade tem a casca ressequida antes que o bebê possa se desenvolver para poder nascer ou a casca não se rompe e o bebê, apesar de crescido, acaba morrendo. Por isso, as lagartixas fêmeas maiores e mais fortes constroem seus ninhos atrás da máquina de lavar, numa posição em relação à parede mais conveniente para os ovos em termos de força das vibrações e espaçamento, de modo a incubar um grande número de bebês. Ao contrário, as fêmeas fracas só conseguem construir seus ninhos atrás de máquinas velhas, de pouco uso ou com vibração extremamente forte, obtendo pouco êxito em legar descendentes. Os que nascem são pequenos, no mesmo formato dos adultos, com a cor de pele humana bem clara. A pele mole e úmida, ao nascer, começa a ficar um pouco seca e áspera a partir do dia seguinte. Mesmo que as costas e a cabeça sequem e fiquem ásperas, o ventre e a palma das patas dianteiras e a sola das patas traseiras são úmidas por estarem recobertas de pelos finos, o que torna as lagartixas hábeis em galgar as máquinas de lavar e se colar às paredes. Tanto os filhotes quanto os adultos se postam imóveis sobre as máquinas de lavar como se se divertissem com suas vibrações.

Uma lagartixa recém-nascida às vezes morre ao ingerir por engano a poeira acumulada nos filtros de coleta de resíduos presos nas máquinas de lavar. Uma lagartixa adulta raramente morreria nesse caso, porque seu estômago já está desenvolvido. Além disso, muitos filhotes morrem devorados pelas aranhas existentes nas lavanderias ou de inanição ao serem expulsos dos locais de alimentos pelas lagartixas adultas. Também há casos em que sobem na máquina de lavar pretendendo beber água, se descuidam e caem dentro dela, morrendo afogadas. Os adultos conseguem, até certo ponto, nadar, algo impossível para os filhotes: se a máquina de lavar estiver em funcionamento, é o seu fim. Enredados pelo fluxo de água, acabam emaranhados nas roupas. Enquanto disputam o exíguo e restrito espaço da lavanderia, a concorrência logicamente recrudesce. Apenas os filhotes sortudos, beneficiados com a oportunidade de se alimentar com os nutritivos resíduos de detergente, água, sujeiras do colarinho das roupas, insetos e outros, crescem e deixam descendentes.

Ao fim de seis meses os filhotes se tornam adultos. Com oito centímetros de comprimento, chegam à idade reprodutiva. A cor dos machos nessa época é marrom-avermelhada. O macho encontra uma fêmea e executa movimentos levantando a cauda, na tentativa de copular com ela. Se a fêmea recusa, ela foge de imediato. Se, ao contrário, ela aceita, eles copulam. Após a cópula, a fêmea procura uma máquina de lavar para pôr seus ovos. Quando encontra uma nas condições ideais, deposita ali seus ovos. Ao terminar, a fêmea de imediato volta ao seu ninho e começa a vida habitual. Durante sua vida, uma fêmea põe ovos no mínimo três e no máximo cinco vezes, evitando o inverno. Sendo o número de ovos postos a cada vez de três a cinco e no máximo dez, no total ela põe de dez a cinquenta ovos na vida. Contudo, estas são meras estatísticas, e na prática o número é menor na maioria dos casos.

A lagartixa-da-máquina-de-lavar tem expectativa de vida de três anos. Evidentemente, só as de muita sorte conseguem viver tanto. Seu comprimento encurta de oito para uns seis ou sete centímetros, e ela dá seu derradeiro suspiro no chão atrás da máquina de lavar ou dentro do filtro de coleta de resíduos. Quando é realizada a limpeza da lavanderia, descobrem-se inúmeras carcaças secas. Debaixo das máquinas de lavar nunca deslocadas desde a criação da lavanderia deve haver uma enorme quantidade de lagartixas mortas. Não pude verificar na prática a presente hipótese.

Capítulo 3. Cormorões-da-Fábrica

O que são os cormorões-da-Fábrica?

Classe: Cormorões. Ordem dos Pelicaniformes, da mesma família dos cormorões comuns.

Tamanho: O corpo tem de oitenta a noventa centímetros de comprimento, o maior entre as aves dessa espécie.

Cor e forma: De pescoço longo, têm no topo da cabeça uma crista bem levantada. Uma das características deles é sua cor. São completamente pretos, não só as asas, é claro, mas também o bico, os olhos e até mesmo as patas. A pele, após ser depenado, também é preta, e apenas o branco dos olhos é exceção.

Características: Assim como as aves comuns, o cormorão-da-Fábrica também tem asas, mas nunca foi visto voando longas distâncias. Há casos em que voa baixo, próximo do rio apenas alguns metros, cerca de vinte no máximo. Por ser uma ave aquática, possui membranas interdigitais. Além de ser capaz de nadar, mergulha para pegar peixes. Contudo, embora more perto do estuário dos rios, jamais nada até o mar. Nunca foi observado mergulhando fundo no mar.

Dieta dos cormorões-da-Fábrica

Os cormorões-da-Fábrica se alimentam de peixes e restos de comida. O local onde vivem, com água do mar e do rio misturadas, é também o hábitat de peixes. Sua língua é pequena e atrofiada para permitir que coma o peixe sem mastigá-lo, assim como a dos cormorões comuns utilizados na pesca de peixes inteiros. Nesse aspecto, os cormorões-da-Fábrica não são diferentes, e mesmo quando abrem o bico não se pode enxergar sua língua. O interior de sua boca não é preto, mas rosa. Os funcionários da Fábrica jogam fora restos de comida e às vezes os dejetos flutuam vindos das tubulações de esgoto. Eles comem da mesma forma esses restos: arroz, sobras de vegetais, alimentos processados nas cozinhas. Por comer sem mastigar, eles se limitam aos alimentos de tamanho e formato apropriados.

Hábitat dos cormorões-da-Fábrica

Assim como os cormorões comuns, os cormorões-da-Fábrica também vivem em colônias, às dezenas. Por habitarem apenas no local dentro da Fábrica onde o grande rio deságua no mar, formam uma colônia única. Eles não são encontrados em outros locais. Dormem de pé, em grupos, no leito do rio ou dentro dele, mergulhando ou enfiando a cabeça dentro da água para apanhar alimento. São capazes de permanecer o dia inteiro mergulhados na água sem ter problemas. Por viverem no local onde o grande rio da Fábrica deságua no mar, o fluxo da água é moderado. Quando o sol brilha com intensidade, eles estendem suas asas displicentemente para tomarem sol e supostamente secá-las, mas nos dias sem sol parecem não se importar em manter o corpo molhado. Há cormorões de rio e cormorões de mar, mas os cormorões-da-Fábrica são diferentes daqueles. Apesar das muitas diferenças, há também alguns pontos em comum (vida em comunidade, engolir o alimento sem mastigar).

O ninho é um desses pontos dessemelhantes, pois os cormorões-da-Fábrica não os constroem. Os cormorões comuns criam ninhos em cima de árvores (cormorões de rio) ou penhascos (cormorões de mar, cormorões pelágicos), mas os cormorões-da-Fábrica não. Talvez não possam construir. Eles passam os dias de pé dentro da água. Segundo uma teoria, isso é possível porque os cormorões-da-Fábrica não põem ovos ou criam filhotes. Eles se agrupam, mas não formam casais. Apenas se juntam, comprimindo-se uns contra os outros.

Vida dos cormorões-da-Fábrica

Apesar dos vários anos de observação, nunca avistei um filhote de cormorão-da-Fábrica. Tampouco encontrei seus ovos. Por exemplo, no início do inverno, o cormorão de rio põe de três a quatro ovos dentro do ninho construído sobre uma árvore. Os filhotes recém-nascidos são desprovidos de penas, as quais vão crescendo gradualmente. Os pais alimentam os filhotes passando os peixes regurgitados direto para a boca deles.

Sendo o cormorão-da-Fábrica da mesma família dos cormorões comuns, ele provavelmente deve pôr seus ovos em algum lugar durante o inverno. Contudo, embora os tenha observado sem cessar até o presente momento, procurando principalmente ao longo dessa estação, não pude identificar nenhum ovo. Tampouco filhotes, é claro. Na colônia de cormorões-da-Fábrica só há aves adultas do mesmo tamanho, todas assemelhadas, comprimidas e empurrando-se umas contra as outras, sem comunicar-se entre si.

De onde vieram e para onde vão os cormorões-da-Fábrica

Ignoro de onde vieram os cormorões-da-Fábrica, mas às vezes um funcionário captura um deles. Desconheço o motivo. Depois de algum tempo, o funcionário joga as aves ao mar, como se fossem carcaças, que aparentemente nadam retornando à colônia ou acabam morrendo afogadas. Pode-se imaginar que nem todas as aves assim descartadas voltem para a colônia, embora seja impossível confirmar ou afirmar de modo categórico caso a ave morra afogada no mar, uma vez que não se pode identificar cada indivíduo devido à sua plumagem inteira preta. As aves que retornam podem ser facilmente identificadas por sua magreza e pela falta de oleosidade nas penas. Algum tempo após retornar à colônia, parecem voltar ao seu estado original. Na colônia há sempre algumas aves, às vezes dezenas, utilizadas pelos funcionários.

"O que há de errado com ela? Ora, será que não é seu jeito sombrio de falar? Ou, melhor dizendo, introvertido?" "Se ela fosse mais alegre e animada, você acha que aos vinte e seis anos seria uma temporária e estaria executando trabalhos braçais?" "Não é raro as jovens de agora não terem trabalho fixo. Muitas são bem alegres e esforçadas. É apenas uma questão de número de vagas. O problema da sua irmã é o jeito de falar. Nem isso; a questão é que, se não puxamos conversa, ela não fala nada, e se a conversa não lhe interessa, permanece calada, imóvel. Mas se a conversa gira em torno de um assunto que lhe desperta algum interesse, desata a falar a ponto de não deixar o interlocutor intervir. Parece uma metralhadora. Não existe diálogo. Dizem que os jovens de agora se comunicam mal, mas se ela só consegue falar daquele jeito fechado, nem adianta tentar qualquer entrevista de emprego." "Será?" "Não suporto esse tipo dela. Se não gosta de conversar, seria melhor ficar calada de uma vez. O retraimento é um traço de personalidade qualquer. Ao contrário, sua irmã fala sem parar, triunfante, com eloquência, não se importando com a reação de seu interlocutor, e se este não mostra interesse no que ela diz, se fecha em copas. Além disso, se pelo menos fossem conversas de nerd ou sobre os hobbies dela, mas são só queixas, coisas negativas quase o tempo todo. Não há como reagir a isso. Ela franze as sobrancelhas sem parar. Detesto isso. Desculpe. Não é coisa que uma profissional diga." Profissional de quê? "Não se preocupe. Não tenho uma relação tão próxima com minha irmã." "É mesmo? Vocês me pareceram bem ligados no nosso último encontro. Desculpe, você se zangou? Zangou?" "Não, nem um pouco." "Desculpe. Me perdoe, mas, hum, bem, é como me sinto. Que bom que ela encontrou trabalho. Se porventura ela perder esse emprego também, sempre pode se registrar na minha empresa, mas duvido que eu conseguiria uma boa colocação para ela." "Não, agora não deve haver problema. Talvez seja o tipo de trabalho perfeito para ela. Não exige que ela fique falando e, embora o salário não seja lá grande coisa, é em tempo integral. Aquele dia você parecia estar entrevistando minha irmã, não?" "Cacoete da profissão." Descobri que meu irmão se demitira de seu emprego na área de informática e graças à namorada arranjara um emprego como terceirizado. Soube disso quando os ouvi conversar sentados a uma mesa na cafeteria de uma cadeia de origem americana no interior da Fábrica. Eu estava sentada atrás de um vaso de espadas-de-santa-bárbara de onde eles não podiam me ver, mas eu via a namorada dele de relance. Os cabelos dela pareciam mais curtos. Meu irmão estava de costas para mim e vestia uma camisa cinza. Fui eu quem a passou a ferro. Pedi um café com bastante chantili, mas quando fui tomá-lo o creme havia aos poucos derretido e não passava de um café com leite amargo comum. Até pensei em ir ao balcão para pôr algo mais no café, mas não sabia bem como fazer e não queria me atrapalhar. Eu já tinha ficado atemorizada quando errei o local onde deveria ficar de pé até entregarem meu pedido. "Por favor, senhorita, espere aqui." "Devo me acostumar logo com o trabalho, mas estou sem jeito de contar a ela. Entre terceirizado e temporário, o temporário é superior, não?" "Não existe isso de superior ou inferior. A remuneração pode ser maior, mas você é inteligente e em breve o salário-hora deve aumentar! Faça um bom trabalho. Afinal, eu coloquei você em um local visto com bons olhos pelas terceirizadas que estiveram nele até agora." "Obrigado, mas é um trabalho completamente diferente da minha área de atuação até o momento." "Por isso mesmo, seja humilde e aprenda do zero, aproveitando-se também da sua experiência. Dê um passo de cada vez, por favor." A namorada dele bebia uma xícara de algo quente e meu irmão devia estar tomando um café gelado comum. Não consigo ver, mas sei. Aonde quer que ele vá, se tiver café gelado no menu, é o que sempre escolhe. Por que será que me deram o café em um copo de papel, mas a namorada dele está bebendo o dela em uma xícara? Ela a colocou sobre o pires ruidosamente e enfiou um garfinho em algo parecido com um cheesecake e o comeu. Pensei que não vendessem tortas aqui. Seria necessário um código especial para fazer o pedido? Esse tipo de lugar me deixa nervosa, por isso não costumo frequentar. Por ser jovem, não há nada de ruim em eu estar aqui. Meu irmão fez tilintar as pedras de gelo dentro de seu copo. "Para ser sincero, o trabalho é muito mais árduo do que quando eu tinha um computador como parceiro. Não consigo manter a concentração e talvez estrague meus olhos." "Você acha? Apenas o que era uma tela de cristal líquido agora é papel. Eu, por mim, acho muito melhor ver papel impresso do que ficar com os olhos grudados tanto tempo numa tela." Que trabalho afinal meu irmão começou? Se os dois estão na Fábrica, ele deve estar trabalhando em algum lugar daqui, mas sinto pena dele, que até os trinta anos sempre usou um computador e agora tem um novo trabalho no qual não precisa mais dele. Ele devia ter me contado que estava trabalhando na Fábrica. Com certeza ficou constrangido, envergonhado, mas eu sou sua única irmã, moramos juntos, e não seria eu a julgá-lo. Meu irmão não passou a noite anterior em casa. Esse fato por si só não era raro, mas, desanimada, eu não consegui pregar o olho. Seria bom se a namorada dele morresse ou se eles terminassem. Em geral, quando alguém critica e fala de um jeito tão vulgar sobre a irmã do próprio namorado, demonstrando que lhe falta um cérebro pensante, é melhor para o mundo e para as pessoas que ele vá logo para o saco. É uma extrema injustiça um tipo de pessoa como ela poder viver como membro da sociedade, tendo um trabalho formal, enquanto irmãos como nós, cidadãos de bem e reservados, somos oprimidos, sem possibilidade de ter um emprego em tempo integral. Resmungando "Morra! Morra!", acabei dormindo, e na manhã seguinte foi um custo para me levantar. Imaginei como seria bom se acontecesse alguma catástrofe natural, mas o tempo estava agradável e trabalhei calada o dia inteiro.

Não me empenhei no trabalho e em geral, mesmo que o fizesse, não haveria diferença por ser um tipo de trabalho simples (pensando bem, é uma insanidade essa ideia da Fábrica de pagar de forma supérflua um salário a alguém, quando bastaria automatizar a tarefa). Mesmo assim, se eu fico muito aérea, as coisas se tornam árduas. Acabo me sentindo como se eu e o trabalho, eu e a Fábrica, e eu e a sociedade não estivéssemos conectados, como se uma fina folha de papel nos separasse e eu não tivesse consciência de a estar tocando, me enganando por ela estar bastante longe. O que eu estou fazendo? Vivi mais de vinte anos, mas não sei falar direito e sequer consigo fazer um trabalho melhor do que uma máquina. Eu não opero as fragmentadoras, as auxilio. Apesar de trabalhar, pareço estar vivendo com uma grana que recebo sem merecer. De manhã, o tempo parece não passar, apesar de já estar trabalhando há três horas. "Ushiyama, você ainda não tirou nenhuma folga desde que trabalha aqui. Ultimamente andamos muito severos com relação às férias, portanto goze o número de dias a que tem direito pelas normas internas. O pessoal em período integral faz jus a três dias de folga por semestre. Os dias remanescentes podem ser diferidos para o ano subsequente, mas em princípio peço para zerar qualquer saldo remanescente. Se desejar, tire a partir de agora meio dia de folga e volte para casa. Que acha?" Goto apareceu de repente, dizendo isso com jeito coercitivo. Sua aparição súbita me espantou. Hoje ele está com o rosto mais inebriado do que o normal. Mal-humorada e irritada pela falta de sono, eu não conhecia o método de aquisição de férias. Até agora ninguém me havia ensinado como fazer, nem Itsumi, nem o líder. Eu me senti magoada pela forma descortês com que Goto me tratou, dizendo que era um transtorno o fato de eu não tirar férias, como se estivesse me mandando vazar dali, porque não faria diferença eu estar ou não presente. Sentindo que seria lastimável se eu desobedecesse, acabei concordando, com voz miúda. Seria aborrecido deixar para me ensinarem uma outra hora como fazer para tirar férias e eu detestaria ter que ir até a ilha onde estava Goto para perguntar. "Nesse caso, você deve preencher o formulário com o seu nome e as datas, pegar o carimbo de Samukawa e me entregar aqui. O formulário deve estar em algum lugar ali dentro", disse Goto, apontando para o gabinete no Espaço das Fragmentadoras e logo indo embora. Ele levanta e abaixa os ombros girando a cabeça. Nos dias de repouso ele talvez se devote incansavelmente ao golfe com o alto escalão, mas se chega a esse ponto pretendendo subir na vida, melhor seria se vestir com mais aprumo no local de trabalho. Deveria parar de fazer aquela cara de bêbado. Com o rosto franzido de tristeza, abro o gabinete apontado por ele e procuro o formulário, tirando e recolocando várias caixas. Há um extrator de grampos e um dedal velho e duro. Na parte de baixo, encontrei uma caixa de papelão chata contendo folhas de papel tamanho A6, entre as quais constava o "Formulário para Requisição de Férias". Ignorava que o gabinete contivesse coisas assim. Itsumi não falou nada. Eu me considerei sortuda de poder voltar de repente para casa. Mas logo depois me senti no prejuízo.

Se soubesse antes, eu poderia desde o início ter tirado o dia inteiro de folga. Não precisaria ter me esforçado tanto para me levantar esta manhã. Mas já que posso voltar para casa, o negócio é ir embora. Decidi aproveitar para andar um pouco pela Fábrica. Eu não desejava retornar para a casa que recende ao cheiro do meu irmão a fim de passar uma noite ociosa assistindo à TV, enfrentando meus próprios demônios. Nesses momentos, deve ser melhor movimentar um pouco o corpo. Se durante o expediente eu mantiver meu crachá pendurado no pescoço, ninguém me censurará por estar caminhando, até pelo fato de estar fora dos prédios. É surpreendente o número de plantas cultivadas na Fábrica, e eu sempre pensava em dar uma olhada nos seus bosques e colinas. Ignoro quando terei vontade de me demitir, e se isso acontecer provavelmente não terei a oportunidade de pôr os pés na Fábrica outra vez.

Preenchi os dados do formulário e quando fui pedir o carimbo do líder, que hoje só vinha à tarde e acabara de chegar, ele estava olhando uma pasta marrom. Retirou com ligeireza os óculos de leitura de armação em prata pura, até nas plaquetas, e quando eu expliquei a situação ele me disse em meio a uma risada sonora: "Esta manhã houve uma reunião de chefes de setor e outros de hierarquia superior a eles, e Goto deve ter levado uma prensa. 'Você está cuidando para que os temporários também tirem férias?', devem ter dito a ele." Ah, então foi isso. "Vai a algum lugar na folga do resto do dia de hoje?" Comuniquei a ele meu desejo de passear pela fábrica e ele soltou outra risada sonora. "Para alguém como eu, que já trabalha faz muito tempo na Fábrica, não há mais nada de raro em particular para ver, mas, bem, deve ser muito interessante para você, Ushiyama. Sabia que aqui tem um rio? Um grande rio que deságua no mar?" Eu sabia, por alto, do rio que fluía em direção ao mar logo em frente. "Você ainda não deve ter visto, não é? Há uma grande ponte ligando o lado norte onde estamos com o lado sul, que tem atmosferas bastante diferentes! Do outro lado, os prédios são mais concretos, aqui são mais metafísicos. A ponte é linda e dizem que foi projetada por um arquiteto famoso. Você precisa ir vê-la. Mesmo que não a atravesse. Cruzá-la a pé é uma tarefa extremamente cansativa. Mas há paradas de ônibus na ponte e você pode tomar um deles. São gratuitos! Eles circulam por toda a Fábrica, e olhando o rio abaixo da ponte você poderá ver um monte de pássaros!" Eu não tinha interesse por pássaros mas seria mais fácil caminhar tendo um destino definido. Aqui e ali pela Fábrica apareciam pessoas vestidas com mais simplicidade e com uma aparência mais desleixada do que eu, que uso jeans. Pessoas carregando blocos de metal instáveis nos braços ou peças enferrujadas sobre os ombros vestiam macacões de trabalho cinza, dos quais parecia gotejar algo como tinta ou óleo preto. Viam-se também pessoas de terno, a maioria dentro de ônibus ou carros, e os que estavam a pé se dirigiam à parada de ônibus mais próxima. Funcionárias de escritório caminhavam em grupos carregando longas bolsas nas mãos. Homens sem casaco e moças jogavam vôlei aos gritos. O intervalo do almoço é animado, na superfície. Todos mantêm seus crachás pendurados no pescoço, mas os cordões têm diferentes cores. O meu é vermelho e a maioria dos que portam cordão dessa cor são pessoas de uniforme. "Bem, os funcionários efetivos da área da Sede têm cordão azul-marinho, o pessoal do alto escalão, preto. O mais incrível é o prateado, na realidade é uma cor mais para cinza, e quem tem esse cordão pode entrar em praticamente qualquer lugar. Quer dizer, é restrito aos diretores, seus familiares, pessoas desse calibre. Os funcionários efetivos de empresas afiliadas ou subsidiárias têm o cordão azul, e os visitantes, vermelho-escuro quase carmesim. Os dos funcionários sem vínculo formal são de cores vibrantes como vermelho, amarelo ou rosa-choque. A diferença entre as cores depende talvez de serem pessoal de escritório ou operacional." "Por que eles têm cores berrantes? É de muito mau gosto." "Os funcionários sem vínculo formal são em sua maioria trabalhadores braçais e é perigoso usarem cordões pendurados no pescoço enquanto trabalham. Como no caso das fragmentadoras. Por isso, na hora das operações eles precisam retirar o crachá ou fazer algo com ele. Não seria justamente para mantê-los sempre conscientes disso? Vermelho e amarelo são cores de alerta. Yoshiko, de que cor é o seu?" Meu irmão estaria agora com um cordão vermelho ou amarelo no pescoço? "Para chegar à ponte, basta observar as placas indicativas em direção à área sul, seguindo ao longo do caminho dos ônibus, o que é um alívio, pois você pode tomar um deles caso se canse de andar. Uma vez eu atravessei a ponte a pé; é um bom exercício para a saúde. Fui e voltei entre norte e sul." Achei exagerado quando ele falou da diferença entre norte e sul, mas quando cheguei à ponte tive de fato essa impressão. O rio que desaguava no mar era tão vasto que, do pé da ponte, a vista não alcançava o seu final ou a outra margem do rio, o que me fez sentir de novo a enormidade da Fábrica. Era estranho que eu andasse assim por aquela ponte. Sou uma trabalhadora descartável incapaz de compreender todo o gigantismo da Fábrica, e parecia mentira que eu estivesse atravessando a pé a ponte que a divide. Estaria eu realmente autorizada a fazê-lo? Por um tempo permaneci parada contemplando a ponte. Não sei dizer se ela é bela ou não. Algumas pessoas transitam bem a meu lado. Na direção contrária passa um ônibus repleto de homens de terno. O ônibus volta do lado sul, logo eles devem ser pessoas do lado norte com algum assunto para resolver aqui. "Sempre achei que estaríamos melhor lá no sul. Melhor do que trabalhar nesta Equipe de Fragmentação, com certeza."

Hesito em caminhar pela ponte. Claro, posso sempre dar meia-volta; também posso deixar a Fábrica pela saída da área sul ao chegar lá; ou ainda tomar um ônibus, como sugeriu o líder. Dada minha condição atual, ainda devo demorar um pouco para me cansar e sentir as dores da caminhada. Cheguei muito mais rápido à ponte do que imaginara de início. Supus que demoraria metade de um dia, mas ainda estou na pausa do almoço. Esse grande rio, a imponente ponte acima dele e a vasta Fábrica que os confina precisam de mim, do meu trabalho, e eu deveria ser grata e achar maravilhoso, não? Lógico que qualquer um pode fazer esse trabalho — velhos, doentes crônicos —, e o fato de ser eu, uma jovem que, como costumam dizer, tem o futuro pela frente, que o estou fazendo deve ser um injusto infortúnio. No entanto, há muitos jovens obrigados a viver no ócio, enfurnados em seus quartos. Quem deseja trabalhar e consegue tem de ser grato. Impossível não ser grato. Só que eu não quero trabalhar. Realmente não quero. Não existe uma ligação entre o trabalho e a razão ou o sentido da vida. Antes, até cheguei a achar que estivessem vinculados, mas agora entendo bem que são coisas distintas. Se eu dissesse isso a Itsumi, ela responderia alguma coisa sobre se sentir derrotado sem sequer lutar, assim como aconteceu no restaurante coreano, mas para mim o emprego, o trabalho, não chega a ser nem mesmo uma luta, mas algo estranho e mais incompreensível, algo que não está dentro de mim mas em um outro mundo externo. Não é o tipo de coisa sobre a qual eu possa ter controle ativo. Até agora, sempre me esforcei na vida, acho eu, mas essa dedicação pessoal na realidade não teve valor algum. Minha atual condição miserável é a prova cabal disso. Não quero trabalhar. Embora não queira, só me restaria viver imóvel. Caminhar talvez representasse para mim uma forma de mergulhar em meus próprios pensamentos. Continuei a forçar o movimento das pernas. Talvez tivesse sido mil vezes melhor voltar para casa e passar a tarde assistindo à reprise de alguma novela na TV. Seja como for, de qualquer forma, bom, com toda a negatividade que possa bem ou mal ter em relação ao trabalho, eu recebo um salário. É uma sorte. Uma dádiva divina. Preciso aceitar isso. Fina folha de papel? Com certeza todos trabalhamos envoltos em uma fina folha de papel. Não devo, apenas eu, continuar adotando sempre uma atitude de criança mimada em relação ao trabalho. Sem concluir se isso é algo bom ou não, interrompo meus passos. Olho para a frente, para trás, e não consigo enxergar as extremidades da ponte. Teria caminhado tanto assim? Quanto tempo teria passado? Abaixo da ponte, a água fluía em profusão. Ali já seria o mar? Pensei que a ponte cruzasse o rio em uma reta mas, em vez de atravessá-lo, não se estenderia paralelo à sua vasta largura, bem no meio? Do contrário, o rio não continuaria por tão longa distância, não? Onde estão suas margens? O caminho de pedestres é bastante amplo, mas cada carro que passa provoca uma rajada de vento que chega até mim. Carros e ônibus trafegam sem parar, portanto eu caminho em meio a um vento incessante. Quase todos os veículos tipo sedã são prateados e exibem a logomarca da Fábrica, mas às vezes circulam veículos compactos pretos ou vermelhos ou furgões imensos que parecem de fabricação americana. Os ônibus despejam uma ou duas pessoas em cada parada. O motorista de um deles esperou uns instantes acreditando que eu subiria, mas eu parei e fiz sinal negativo com a cabeça e o ônibus partiu expelindo fumaça negra. Os ônibus são de diversas cores e têm estampas que me são familiares ou não. Estariam usando veículos velhos comprados de alguma empresa de viação? Todas as pessoas que desceram na parada trajavam uniforme cinza e se dirigiram para as escadas afixadas na ponte, retiraram uma chave, destrancaram a grade de acesso da escada e entregaram produtos metálicos parecidos com ferramentas às pessoas em uniformes de prontidão ali. Não me atrevo a olhar para o alto, com medo de porventura ver homens em macacões cinza trabalhando no topo da ponte. Temerosa, escolhi um local sem escada e, de encontro ao parapeito, olhei para baixo. Não entendi bem em qual sentido a água fluía. Como sempre acontece quando vejo algo de um local elevado, me afastei ao sentir que seria tragada para baixo ou que teria vontade de cair dali. Possivelmente eu também corria o risco de perder a noção da direção de onde viera. Na realidade, não havia dúvidas, uma vez que eu caminhava na mesma direção dos carros que passavam sem parar pela pista a meu lado. Os carros vinham e me ultrapassavam um após o outro. Comecei a caminhar pensando em talvez pegar um ônibus na parada seguinte. Falando nisso, ainda não almocei. Trago na bolsa a marmita com a comida horrível que eu mesma preparei, mas não sinto vontade de comer. Talvez fosse bom sentar para comer em algum lugar de onde eu pudesse contemplar os pássaros, mas agora estou sem fome. Será melhor preparar uma marmita para meu irmão a partir de amanhã? Desde quando ele trabalha na Fábrica?

Ao chegar à ponte, me pareceu haver nela mais gente do que de costume. Eu me deparei com alguns funcionários subindo, e, quando olhei para baixo, vi muitos outros descendo pelas escadas afixadas na ponte. Por vezes eu os vira trabalhando ali, mas nunca tantos como hoje. Vestiam uniforme, calçavam sapatos de segurança e levavam um capacete na cabeça. É assustador ver tantos homens trabalhando algumas dezenas de metros acima do solo. Obviamente deve haver redes de proteção abaixo, mas daqui não é possível avistá-las. Será que eles sobem até ali apenas com a força dos braços? O local onde muitos pássaros pretos se concentram fica mais próximo do mar, ainda a alguns passos daqui. Sopra um vento agradável. Não me sentia atraído a ler aquele relatório. Em primeiro lugar, não parece natural um aluno da escola primária digitar um texto no computador. Não teria sido o próprio avô quem o elaborara, levando o neto até mim como pretexto? Por qual motivo, afinal? Ouvi o grasnar de pássaros conforme caminhava. Como era mesmo a voz dos pássaros? Eles de fato chilreariam tão melancólicos assim? Comecei a avistar pássaros de um preto retinto. "Você pegou o tubo A? O A, o A." "O tubo A está comigo." Ouvi a voz forte dos homens acima da ponte. O vento sopra e os carros passam incessantemente, portanto eles devem ser forçados a berrar. Há homens sobre a ponte a intervalos regulares tanto na direção de onde vim quanto naquela para onde vou. Sem dúvida eu os verei também se olhar para a parte inferior. Os homens uniformizados às vezes movimentam braços e pernas, gritando entre si. O céu está limpo, mas às vezes o deslocamento das nuvens o faz escurecer de súbito. Uma mulher com as costas recurvas olhava para baixo apoiada no parapeito da ponte. Não usava uniforme e não parecia ter relação com os homens que trabalhavam ali. Vestia calça jeans e uma blusa cinza um pouco gasta e desbotada. Os cabelos estavam presos num coque. Claro, há funcionários de várias idades caminhando sobre a ponte, mas é raro ver um deles apoiado no parapeito contemplando mais abaixo. Os funcionários efetivos deveriam estar agora em horário de trabalho. Quando se trata de uma mulher espiando abaixo de uma ponte, logo vem à mente a possibilidade de suicídio, mas não é viável com tantos homens labutando. Com certeza ela logo seria salva. Ela virou o rosto na minha direção e nossos olhares se encontraram. Ela abriu bem os olhos, parecendo me analisar. Eu não a conheço. Ela parece mais jovem do que eu imaginara, mas suas bochechas estão caídas como as de um buldogue. Sem traços de maquiagem, suas sobrancelhas são assustadoramente finas. Parece não mais olhar para onde eu estou. O grasnar de pássaros se tornou mais intenso, e, como sempre, podiam-se ver grupos deles colados uns aos outros espreitando a Fábrica. Hoje não vou descer ao aterro. Talvez os homens uniformizados suspeitem de mim. Peguei minha câmera. Mirei a objetiva nos pássaros. Dei um zoom e tirei uma foto, mas ao conferi-la no visor, os pássaros pretos estavam muito menos nítidos do que quando vistos a olho nu, e a textura brilhosa e umedecida que suas asas deveriam ter parecia haver sumido. Eu sabia das limitações de distância das lentes da câmera, mas as fotos saíram piores do que eu imaginara. Hoje eu apenas trouxe a câmera com a lente comum, que costumo deixar acoplada nela, sem a teleobjetiva, e por isso eu precisava me aproximar mais dos pássaros. Não trouxera a teleobjetiva, que pode fotografar objetos mais distantes, por ser muito volumosa. Eu não mexia em uma câmera fazia tempo. Portanto, nem pensei sobre as lentes. Quando eu teria coletado e classificado musgos, pondo a amostra e sua fotografia juntos? Teria sido a última vez quando preparei os materiais para o Encontro de Observação de Musgos? Não pretendia descer, mas para fotografar parecia não haver outro jeito. Não me importo com a qualidade das fotos, também não tenho pressa e de nada valeria trazer uma câmera mais pesada. Tampouco trocaria as lentes da câmera e voltaria até aqui apenas por causa do idoso e de seu neto. Também se pode afirmar que não é possível obter uma boa foto porque os pássaros estão aglomerados. Ao procurar algum separado do bando, vi um deles começando a alçar voo. Instintivamente direcionei a lente na sua direção e tirei uma série de fotos. É evidente que me falta capacidade e experiência para conseguir fotografar um pássaro em movimento, mas a mão foi mais rápida do que a vista. O pássaro interrompeu o voo de imediato, aterrissando na água. Com a câmera em punho, dei alguns passos na direção do parapeito e procurei por algum pássaro sozinho no aterro. Tirei várias fotos, e, ao afastar a câmera do olho, a mulher por quem eu passara pouco antes me lançava um olhar severo. Pensei que estivéssemos distantes um do outro, mas quando percebi, ela havia se aproximado. A boca em seu rosto de buldogue se acentuara nos cantos e os olhos se franziram no formato de um paralelogramo. Os fios em excesso saindo de seu coque flutuavam desgrenhados ao sabor do vento. Pensei que ela fosse jovem, mas agora parecia uma velha dama. Quem sabe não seria uma senhora de calça jeans? Logo percebi que era por causa da câmera. Ela devia ter achado que eu estava tentando tirar uma foto dela. Eu próprio me constrangi ao pensar que teria direcionado as lentes da câmera para uma desconhecida. Ela parou de me lançar seu olhar severo e, dando-me as costas, começou a andar adiante. Eu estaria em apuros se tivesse passado a impressão de ser algum tipo de pervertido, como o Duende Baixa-Calça do bosque. Mesmo se tratando de um engano, eu precisava me desculpar. Segui-a a passos rápidos. Sentindo minha presença, ela se virou e franziu o rosto. Suas suspeitas em relação a mim devem ter aumentado. Precisava me explicar a todo custo. "Com licença." Em vez da expressão de raiva de antes, ela me olhou com um semblante inquieto. Tão perto dela, constato que é realmente jovem. "Queira me desculpar. Estava tirando fotos dos pássaros e parece que virei a câmera em sua direção, mas não acredito que tenha fotografado você. Imaginei que estivesse preocupada em ter saído nas fotos." "Ah", ela assentiu, desconfiada. "Não tem problema", disse ela. Cabisbaixo, não noto se ela me olha. "Queira me desculpar." Baixo de novo a cabeça e ela mantém o rosto sisudo, mas se inclina ligeiramente e diz: "Sem problemas. Desculpe-me". Ela não tem necessidade de se desculpar, mas o faz. Seguiu-se uma pausa embaraçosa. Mantenho-me em silêncio. Como eu comecei a conversa, imaginei que devesse dar um fim a ela, mas para minha surpresa ela perguntou: "Você fotografava os pássaros?". Os pássaros? "Sim, eu estava tirando fotos deles." "Sabe de que espécie são?" Sua voz era aguda. Por que todo mundo se interessa pelos pássaros?

Pude vê-los. Pássaros aquáticos pretos bastante comuns. Pude ouvir o *miu* e o *guiá* do seu grasnar. Conforme o rio se alargava, mais recendia o cheiro do mar. Seriam gaivotas-de-cauda-preta? Seu *miu* se assemelha a um miado, razão de serem chamadas de "gatos do mar" no Japão. Talvez sejam, mas o hábitat das gaivotas-de-cauda-preta não era mais para o norte? Quanto mais eu caminho, mais aumenta a densidade dos pássaros, deitados às dezenas com os corpos praticamente comprimidos uns contra os outros. Igualzinho aos pinguins hibernando de um programa da TV. Teriam frio? Alguns protegeriam seus filhotes? Parei, e ao me inclinar para observá-los seu odor forte me invadiu as narinas. Um cheiro oleoso misturado à brisa marinha. Suas asas brilhavam umedecidas. Elas estavam entrelaçadas. Eram a esses pássaros que o líder se referira. Pássaros bastante comuns, nem muito grandes nem graciosos. Inteiro pretos do bico às patas. Apenas em grande número. Eu já estaria perto da extremidade sul da ponte? Deste local seria melhor ir até o fim em vez de voltar ou pegar um ônibus? Ao parar um instante, de repente senti as pernas pesarem. O céu começara a se encher de nuvens. Os carros continuavam a trafegar. Todos os pássaros olhavam na mesma direção e vez ou outra grasnavam. Um homem de meia-idade veio caminhando da direção de onde eu viera. Não vestia terno, mas camisa e calça elegantes, uma volumosa bolsa preta a tiracolo, com um crachá cinza pendurado no pescoço. Eu me espantei. Cinza? Não era cinza, mas prateado, sinal de que podia entrar em qualquer lugar da Fábrica? Parecendo estar na casa dos trinta ou quarenta, seria alguém tão importante? Ou haveria também cordões cinza? Portava óculos e era magérrimo. A tez do rosto, doentia. Por um instante nossos olhares se cruzaram, mas ele seguiu em frente. Tomaria um ônibus? Sem usar uniforme, que homem seria ele? Olhava para cima e para baixo, inquieto. Ao vê-lo por trás, era levemente corcunda, dando a impressão de ser mais velho. Há muitos tipos de pessoas na Fábrica. Não parece ser de forma alguma um diretor, mas deve haver uma razão. Talvez seja filho de um diretor. Se for assim, é melhor não procurar qualquer contato. Voltei a olhar os pássaros. O líder disse que antigamente costumava cruzar a ponte com frequência, mas ela é longa demais para atravessar durante o trabalho. Talvez ele estendesse um pouco a pausa para descanso. Que horas seriam agora? De novo achei difícil acreditar que todas aquelas instalações pertenciam a uma única empresa. Quando penso em começar a andar e olho em frente, fico paralisada. O provável filho de diretor que havia pouco passou por mim estava com uma câmera virada na minha direção. O que ele fazia? O que fotografava? Seria problemático se eu fosse o objeto de suas fotos. Não conheço sua intenção, mas não havia motivo para uma jovem como eu ser fotografada sem autorização por um homem de meia-idade. Mesmo sendo um diretor ou seu descendente, ele não tem esse direito. Porém, não significa necessariamente que ele estivesse me fotografando. Decerto eu estou apenas atrás ou na frente do objeto de suas fotos. Ao contrário, essa probabilidade é visivelmente alta, por ser difícil imaginar que ele estivesse tirando uma foto minha de propósito. Não sou bonita nem graciosa, logo não haveria qualquer benefício mesmo para um homem de meia-idade sem viço. Contudo, há coisas completamente incompreensíveis na sociedade atual. Talvez existam homens caprichosos interessados em mulheres sem atrativos como eu. Ou quem sabe ele pensou que meu comportamento prejudica a Fábrica e tirou as fotos como prova. Por exemplo, imaginou que eu estava matando serviço ou que eu espiava algo que não deveria espiar. Decerto desconfiou de mim por eu estar atravessando a ponte a pé, algo raro e insensato. Mesmo assim, seria motivo para me fotografar? Logo ele, um diretor? Por mais que eu analisasse a situação, só podia dar asas à imaginação. Ele apenas fotografava a paisagem da Fábrica vista da ponte ou algo assim. Decidi não me preocupar e continuei caminhando. Afinal, não me restava outra opção. Se ele de fato estivesse me fotografando, ignoro que palavras usar para repreendê-lo. Serei obrigada a retornar para não passar perto dele. Quando começo a avançar, meu olhar encontra o do homem de meia-idade. Ou melhor, foi ele que avançou na minha direção. Se ele acabara de me ultrapassar, por que razão estaria voltando? Pelo seu jeito de andar, eu era o seu alvo. Quer dizer que ele me fotografava? Ele veio correndo na minha direção. Hesitei em fugir, mas de nada adiantaria, pois se ele me seguisse não teria como escapar. Ao redor estavam os homens trabalhando na ponte, e ônibus e carros passavam sem cessar. Ele não poderia me agredir ali. O homem de meia-idade parou diante de mim, que estava petrificada, e abaixou a cabeça resfolegando apesar de ter corrido uma distância bem curta. "Queira me desculpar. Estava tirando fotos dos pássaros e parece que virei a câmera na sua direção, mas não acredito que tenha fotografado você. Imaginei que estivesse preocupada em ter saído nas fotos." Eu assenti com a cabeça. Então era isso. Não era a mim que ele fotografava. Ele apenas tirava fotos do que estava atrás de mim. Senti ao mesmo tempo alívio e estranheza. Ele fotografava os pássaros? "Queira me desculpar." Eu desejava perguntar sobre os pássaros ao homem, que continuava a baixar a cabeça.

Que pássaros eram aqueles? Por que ele os fotografava intencionalmente? "Você fotografava os pássaros?", perguntei de chofre. O homem abriu a boca com uma expressão de espanto no rosto. "Sim, eu tirava fotos deles", ele assentiu vivamente com uma voz estúpida. "Dos pássaros...", disse, apontando para o outro lado da ponte. "Sabe de que espécie são?", perguntei, mas o homem de meia-idade se calou, surpreso. Ele não saberia o nome dos pássaros? "Por que me pergunta sobre os pássaros?" "Hein?"

"O gengibre em conserva é o ponto-chave desse prato, não?", disse Furufue. Enquanto comíamos nosso *soki soba*, de repente o dono do restaurante, que havia pouco nos trouxera os pratos, com uma toalha de mão azul-índigo ao redor do pescoço, informou em voz alta: "Pessoal, já temos dez pessoas e agora vamos começar a tão esperada competição pelos nossos *sata andagi*. São feitos aqui". Como se soubessem do que se tratava, os três outros grupos de clientes se alvoroçaram. "Vamos lá, pessoal, mãos para cima. Vamos jogar." Os clientes ao redor ergueram a mão direita. Nós nos entreolhamos. O dono nos olhou, dizendo: "Vamos, caros clientes, por favor! São deliciosos bolinhos de chuva de Okinawa caseiros!". Os outros clientes também olharam para nós. Eu estava odiando tudo aquilo, mas sem poder me safar levantei o braço, e Furufue, o punho fechado. "Ok, pedra, papel, *shisa*." *Shisa?* Deve ser "tesoura". Eu fechei a mão. Tive sorte em ser derrotada logo de cara. Furufue venceu com a mão aberta indicando papel. Coitado. Os demais clientes continuaram todos no jogo. "Que sorte eles têm. Então, vamos de novo. Pedra, papel, *shisa*." No final das contas, uma moça com os cabelos pretos repartidos no meio foi a ganhadora dos bolinhos de chuva, com direito a uma pose de comemoração da vitória com os punhos cerrados. Ela recebeu um saquinho de plástico contendo três bolinhos, e eu a ouvi prometer à acompanhante de rabo de cavalo que lhe daria um deles. Furufue, que sem percalços perdeu o jogo, voltou ao seu *soki soba*. "Já esfriou", declarou, mastigando uma costeleta de porco.

"Ouvi dizer que os pássaros se chamam cormorões-da-Fábrica, mas não sei se é verdade ou não." O homem disse isso com um semblante sombrio. "Cormorões-da-Fábrica não parece ser o nome científico", completou. "Nunca pesquisou em algum lugar sobre o nome dos cormorões-da-Fábrica?", perguntei. "É algo recente! Tomei conhecimento pela primeira vez hoje de manhã." Ouviu-se um ribombar e de repente um vento forte soprou. Os homens trabalhando na ponte se sobressaltaram. Olhei ao redor. Imaginei se alguma ferramenta ou parafuso não viria voando em nossa direção, mas depois de soprar forte, logo amainou. "Imaginei que fossem da classe dos cormorões e até procurei saber, mas eles são um pouco diferentes dos outros da espécie. Seu corpo é todo preto, mas os cormorões de rio e de mar que vivem no Japão não têm a cor preta ao redor dos olhos ou no bico! Eu mesmo quis verificar... Por isso, hoje pensei em tirar algumas fotos." "De quem você ouviu que eles são chamados de cormorões-da-Fábrica?" "De um idoso e seu neto. Eles vieram a minha casa esta manhã." "Onde os conheceu?" "Eles participaram de um Encontro de Observação de Musgos que organizei." Encontro de Observação de Musgos? Um idoso e seu neto? Esse homem estaria no seu juízo perfeito? De que diabos ele está falando? "De minha parte, isso é tudo. E você, por que razão veio ver os pássaros? Está na sua pausa para almoço?", o homem indagou. De fato, meu erro foi ter perambulado pela ponte. Devia ter retornado logo de ônibus. "Hoje tirei a tarde de folga e volto amanhã cedo ao trabalho. Como a Fábrica é muito vasta, decidi passear por ela. Um funcionário da gerência me sugeriu fazer um caminho mais longo atravessando a ponte porque a vista é bela e eu poderia ver os pássaros, e coisas assim. Por isso vim até aqui." Era uma situação estranha revelar tudo isso a um desconhecido. Por que eu tirei essa folga imprevista? Ela está sendo realmente tratada como folga remunerada? O fato de passar o cartão de ponto ao sair há pouco do prédio não será considerado um erro? E por que vim ver uma ponte e pássaros pretos sem qualquer graça em particular só por uma sugestão do líder? Por não ter uma visão geral de toda a Fábrica, nada posso afirmar, mas não teria exagerado? "É mesmo? Entendi", disse o homem, assentindo com a cabeça. "Então você só veio dar uma espiadela, não é? Não porque tenha algum interesse em particular nos pássaros. Seja como for, queira me desculpar. E não se preocupe com as fotos, você não está nelas." O homem fez um cumprimento e foi embora a passos céleres na direção contrária à que viera. Eu mal tive tempo de dizer algo ou fazer um cumprimento. Pouco depois decidi voltar. Estava com fome, mas não sentia vontade de comer a marmita miserável com o arroz cozido na véspera e alguma comida congelada frita. Se os operários não estivessem ali, eu atiraria tudo de cima da ponte. Decidi começar a andar, mas como o homem que acabara de partir poderia achar que eu o estava seguindo, queria manter certa distância entre nós mesmo não me agradando ter que, para isso, permanecer um bom tempo parada. O tempo esfriara um pouco e eu já não me importava com os pássaros. Encostei-me um pouco na ponte e matei o tempo observando os pássaros e os homens em seu uniforme de trabalho. Depois de verificar que o homem já estava bem distante, comecei a andar. Na próxima parada eu pegaria um ônibus. Porém, ao contrário do que eu imaginara, não houve mais paradas até o fim da ponte. Pelo tempo caminhado, eu não deveria ter chegado tão rápido, mas foi isso que aconteceu, nada posso fazer. Percebi quão longa é a ponte ao olhar para trás. Como pude atravessá-la em tão pouco tempo? Quando observei os pássaros e dialoguei com o homem, eu deveria estar em um local quase no fim dela. Eu me decepcionei um pouco. E, para meu espanto, vi o homem novamente de pé mais à frente. Sei dessa minha tendência de caminhar cabisbaixa, mas foi um lapso não percebê-lo tão próximo. Ele está parado em frente a um restaurante em cuja faixa vermelha se lê "Restaurante Kachashi — Especialidades de Okinawa". Ele parece não notar minha presença. Constrangida, penso em ir embora antes que ele me veja, mas por alguma razão pronuncio algo como "Nossa, você por aqui". Ele se volta e eleva as sobrancelhas, surpreso. "O que deseja?" O que eu desejo? Eu me senti mal com seu jeito de falar em tom de censura. "Estou apenas voltando depois de cruzar a ponte." "Ah, sim? Queira me desculpar mais uma vez." O homem abaixou de novo a cabeça. Pensei em ir embora logo, mas por alguma razão permaneci estática. O homem olhou para mim e depois para a placa do restaurante. Alguns instantes depois me perguntou: "Você sabia que havia um restaurante como este por aqui?". Estaria ele puxando conversa? "Não, bem, é a primeira vez que cruzo a ponte e venho até esta área..." Creio já ter dito isso, mas teria ele esquecido? Seus cabelos estão voltados para um único lado, possivelmente devido à ventania de pouco antes. "Tem razão. Me desculpe. Nunca vi este restaurante e me espantei porque não parece ser novo. Em geral costumo passear por dentro da Fábrica e conheço bem o local." Estranhamente, ele começou a falar pelos cotovelos. Fiquei desconfiada. Seria normal puxar conversa comigo depois de se mostrar desinteressado e até mesmo indelicado? Senti um arrepio ao me lembrar que eu era uma mulher jovem e, ele, um homem de meia-idade. Ele poderia estar interessado em mim. Essa conversinha não seria do tipo que faria qualquer mulher aceitar até mesmo se fosse implicitamente convidada para almoçar? Em geral, quando se fala de um restaurante estando de pé diante dele, em pleno horário de almoço, não se fica tentado a entrar nele? Ou será que não? Por um instante senti transpirar nas axilas. Devo estar mesmo transpirando. Sinto o cheiro do meu suor. "É mesmo?... Eu desconhecia por completo." "É meio assustador. Devo estar ficando senil." De repente ele começou a tagarelar. Ao contrário do homem de poucas palavras de quando estávamos na ponte, ele agora falava de um jeito normal. Será que ele apenas desejava conversar e almoçar com alguma jovem, não importava quem fosse? Sendo assim, seria melhor eu me pôr em alerta. Não suportando mais o silêncio, perguntei: "Você já almoçou?". "Ah, ainda não." "Eu também não." Ficamos calados por um instante. Ouvi uma espécie de assovio. Um som da Fábrica ou talvez o trinar de um pássaro. Ou o chiado de alguma panela com comida sendo preparada no restaurante? Depois de um curto intervalo, o homem disse: "Sendo assim, que tal almoçarmos juntos?". "Pode ser." Fiquei com medo de que afinal de contas ele entendesse que, com essa pausa na conversa, eu esperasse dele um convite, mas ele assentiu com a cabeça e entramos no restaurante. Era a primeira vez que eu frequentava um refeitório ou restaurante na Fábrica e me questiono se não haveria problema no fato de eu ser uma temporária. Não haveria algum empecilho na hora de pagar? Talvez pedissem para ver meu crachá de funcionária efetiva. Ou eu teria que pagar um valor mais elevado do que o normal, coisas assim. Era sensato pensar que ele pagaria minha parte. "*Mensore!*" Um homem de meia-idade de barba negra que aparentava ser o proprietário do restaurante nos deu boas-vindas em voz alta no dialeto de Okinawa. "Fiquem à vontade para escolher os assentos", disse ele. Havia três grupos de clientes, num total de oito pessoas, com apenas uma mesa livre e um assento no balcão. O grupo formado por moças e os demais clientes conversavam e riam ruidosamente. Seja como for, eu experimentaria pela primeira vez a gastronomia de Okinawa. Também era minha primeira vez almoçando com outro homem, mesmo que de meia-idade, que não fosse o meu irmão. Sentamos e me alegrei um pouco ao ver sobre a mesa o menu escrito à mão. "Ainda estamos servindo os pratos do almoço!", informou-nos o dono ao perceber que olhávamos o cardápio quando trouxe os espessos e baixos copos de água de vidro. "Especiais de Almoço: *soki soba*; *soba*; *goya chanpuru*; *tempura* (lula e peixes da estação), Prato do Dia." Cada prato era acompanhado de arroz, uma saladinha, sopa de missô e uma porção pequena de macarrão. "O Prato do Dia hoje é *fuirichi*, e acompanha um pequeno *rafute*!" "Acho que vou querer o *soki soba* sem acompanhamentos", disse o homem. Eu pensava em pedir o prato do dia, mas se ele comesse o macarrão e, eu, um prato com arroz e acompanhamentos, a probabilidade de eu terminar de comer depois dele era alta. "Vou querer o mesmo", eu disse. O dono assentiu e caminhou para o fundo do restaurante. O *soba* sem acompanhamento é cento e cinquenta ienes mais em conta. Sem arroz e sopa de missô (impossível saber se acompanham ou não, da forma como o menu está redigido), mas com apenas uma pequena tigela de legumes escaldados com shoyu, não compensaria mais pedir o prato de macarrão à parte? De onde eu estava não podia ver os outros clientes e não sabia o que estariam comendo. "Meu nome é Furufue", o homem disse de repente. Furufue? Levantei o rosto do menu, que observava para passar o tempo. Parecia haver uma diversidade maior de pratos no jantar. Até mesmo carne de bode. "Sou Ushiyama." "Onde você trabalha? O que faz?" "Desculpe a demora. Dois *soki soba*." "Destruo documentos em fragmentadoras." "Entendi. Vamos comer enquanto está quente." "Sim." Na tigela havia um macarrão grosso e amarelo, e sobre o caldo incolor, quase transparente, um pedaço de carne de porco com osso. Também

havia cebolinha verde e gengibre-vermelho. "Delicioso, não?"
"Sim. Falando sério, estou grata por ter um trabalho tão criativo como o de fragmentadora!" Sem rir de minha brincadeira, Furufue pareceu franzir o cenho, e eu me concentrei no meu *soba*.

"Gostaria de perguntar de que maneira afinal seu trabalho de vegetalização dos terraços está avançando, sr. Furufue. Tendo trabalhado na Fábrica por mais de dez anos, quase quinze, que ações concretas implementou? Não teria se limitado a organizar os Encontros de Observação de Musgos? Creio que a Fábrica acabou por escolher uma empresa prestadora de serviços ou usou uma de suas subsidiárias internas para realizar a vegetalização dos terraços e muros. Os trabalhos em si foram terceirizados, mas preciso examinar para poder afirmar algo com propriedade. Também parece não corresponder ao que o senhor falou no momento de sua admissão na Fábrica. Não entendo... Seria extremamente complexo vegetalizar sozinho os inúmeros prédios da Fábrica. Como o senhor mesmo afirmou, era impossível para o senhor saber por onde começar e de que maneira. Quando penso no que o senhor realizou nesses quinze anos, e me desculpe a franqueza, é difícil acreditar que o senhor tenha se dedicado seriamente aos trabalhos e serviços de vegetalização dos terraços e muros. O que me diz?... Não teria sido possível avançar bem mais?" Quando conversei no restaurante sobre o meu trabalho com a jovem chamada Ushiyama (ela própria afirmou ter vinte e seis anos), senti de novo como era estranho falar sobre ele. "Qual a relação entre a Fábrica e os musgos? Que tipo de oferta de emprego o conduziu a esse trabalho?" Quando expliquei que fora uma recomendação do meu professor orientador e que eu praticamente fora coagido a aceitar, a srta. Ushiyama franziu o cenho e, levantando o canto direito do lábio superior, mostrou os dentes da frente. Parecia uma expressão de admoestação. "Seu salário é mensal?" Depois de perguntar, seu rosto relaxou. "Desculpe. Isso não é da minha conta", disse. Não revelaria a ela quanto eu ganhava, mas não via problema algum em confirmar que eu recebia um salário fixo por mês. Em geral o pagamento caía no dia 25. Ao dizer isso, ela apenas assentiu com a cabeça e replicou com um "Achei que fosse". Porém, se ela soubesse o valor, provavelmente voltaria a mostrar a mesma expressão de admoestação de antes. Quando por vezes ouço nos noticiários sobre os salários recebidos pelos assalariados hoje em dia, os valores são tão baixos que custo a acreditar. Decerto na TV são alardeados os piores casos, mas sinto estar recebendo um valor um pouco acima da média. A srta. Ushiyama, com quem me encontro de vez em quando, me deixou entender isso com certo escárnio nos cantos da boca e Goto também disse isso sem rodeios quando deixou de ser meu encarregado. "Na época atual, os salários não aumentam todo ano. Os funcionários da Fábrica não são exceção! A época dita as regras. Não, talvez só eu pense assim. Os demais funcionários talvez tenham reajustes salariais anuais. A culpa é da minha incompetência. O mesmo não acontece com você, pelo fato de ser alguém talentoso que estudou longos anos na universidade. Quer dizer, não faço ideia de quanto você ganha!" Recebo moradia, e apenas o aluguel de nove mil ienes é descontado todo mês do salário, um valor incomparavelmente baixo. Não possuo carro e quase não tenho outras despesas pessoais. Faço minhas refeições dentro da Fábrica, o que é mais caro do que prepará-las em casa, mas nada muito significativo. Minha mãe me manda alguns itens de uso cotidiano, e como não tenho nada que se possa chamar de passatempo, consigo fazer uma boa poupança. Por não precisar tanto do salário, ter reajustes anuais ou não me é indiferente, assim como as gratificações no verão e no inverno, mas seria estranho se eu reclamasse disso com a Fábrica. Reluto a ganhar tanto sem trabalhar, mas seria complicado lhes dizer "Não preciso!", além de isso não me beneficiar em nada. Vivo cada dia com tranquilidade, às vezes me informo por e-mail sobre conferências relacionadas à briologia, cultivo em meu exíguo jardim, entre outros, *shiso* verde e tomates-cereja, e estou cogitando seriamente comprar um cão de pequeno porte. Recebo para ter uma vida como essa. Não é fantástico? Se renunciasse a meu salário, ele não seria redirecionado às pessoas desempregadas passando por privações ou àquelas que, mesmo trabalhando, não conseguem pôr comida na mesa. Não vale a pena causar atritos desnecessários. "Então, há quantos anos você coleta e estuda musgos diariamente?" Quinze anos, caminhando para o décimo sexto. Quase todo dia, e mesmo afirmando que não trabalho, lido com algo relacionado a musgos. Nunca passei um dia inteiro em casa na ociosidade. Faço o que a Fábrica espera de mim. A Fábrica requereu de mim a estranha tarefa de vegetalizar os terraços sozinho, e uma vez que parece não se importar com o avanço dos trabalhos, não pode de forma alguma reclamar agora. "Houve uma oferta de emprego para o trabalho de vegetalização dos terraços e fui admitido por recomendação do meu professor orientador, mas na prática o trabalho não avançou." "Ah, vegetalização dos terraços! Ela foi realizada com musgos, não? Eu achava que era com grama ou algo parecido." O quê? "A Fábrica é cinza, mas aqui e ali há verde, correto? Isso porque os terraços e muros foram vegetalizados com musgo." Do que ela está falando? "Há muitos prédios nessa condição. Então foi você quem realizou a vegetalização dos terraços." Não fui eu. "Provavelmente uma empresa especializada. Para falar a verdade, a competência sobre a gestão das plantas no espaço da Fábrica não é do Planejamento e Relações Públicas, mas sim do Administrativo ou do Departamento de Promoção de Responsabilidade Social Corporativa, no que se refere a atividades ecologicamente corretas. A única coisa que o Departamento de Planejamento e Relações Públicas solicitou a você, Furufue, foi organizar os Encontros de Observação de Musgos para pais e filhos." Aoyama explicou isso do outro lado da linha e pela voz pude imaginar seu rosto sorridente que se tornara um pouco severo depois de se casar e se divorciar. "Ignoro o que o sr. Goto lhe disse, mas eu apenas encarreguei você dos Encontros de Observação de Musgos, nada mais." Ela desde sempre chamara Goto apenas pelo nome, sem o uso do "senhor", tratando-o como alguém próximo, mas ela parece não esconder mais que ele se tornara uma pessoa de fora. "Você quer que eu verifique?" "Com quem exatamente?" "Com o encarregado da vegetalização dos terraços e muros no Departamento de Promoção de Responsabilidade Social Corporativa ou no Administrativo. Procurando bem, logo ficaremos sabendo. E também qual empresa foi contratada." Não me interessa em particular saber qual foi o prestador de serviço. A questão não é essa. Quero saber por que eu vivo aqui. Sem me dar conta, meu trabalho foi repassado a outrem? "... quer que eu contate o sr. Goto?" A voz de Aoyama denotava seu visível incômodo com a situação. Não, deve ter sido só impressão minha, pois ela não é do tipo de pessoa que revele facilmente a um desconhecido suas emoções dessa forma. Conversar com Goto seria sem dúvida o melhor e mais adequado, mas a ideia me desagradava. Não sei o que houve na Fábrica, mas além de nunca ter tido por Goto qualquer afinidade, ignorava o grau de antipatia que ele sentiria por mim agora. Onde ele estaria no momento? "Está na Fábrica! Na área da Sede. Porém, mudou de departamento. Na Fábrica, transferências entre departamentos são frequentes. Não apenas no caso de Goto, todo mundo." Depois de uma breve pausa, Aoyama continuou. "Quando chegar a época do Encontro de Observação de Musgos, eu entrarei em contato. Olhe, não seria possível realizarmos, por exemplo, dois encontros anuais em vez de um? Gostaria de analisar essa possibilidade devido ao enorme sucesso dos Encontros." "Bem... não... quer dizer, eu tentei cultivar musgos para a vegetalização dos terraços, mas parece ser uma completa ilusão, algo meio impossível de uma perspectiva técnica, e a meu ver algo que desde o início não poderia ser implementado. Fiz tudo o que pude, mas nada avançou." "Há quanto tempo mesmo você trabalha na Fábrica?" "Quinze anos." "Nesses quinze anos não houve nenhum resultado visível?" Ao desligar o telefone, tive a impressão de que meu pescoço e meus ombros estavam tensos e fiz alguns alongamentos. Depois peguei o fichário deixado pelo idoso e seu neto e comecei a lê-lo. Senti uma estranheza nos lábios e ao tocá-los notei que minha barba havia crescido bastante. Minhas mãos formigavam. Não sei bem, mas algo nelas estava se alongando alguns centímetros. Comecei a me assustar, mas o medo logo desapareceu. Minhas mãos e todo o resto do meu corpo estavam cobertos de pelos.

Acordei novamente. Transpiro. Afinal, que pasta é esta? Parece não haver erros tipográficos, e precisaria receber mais orientação sobre como corrigir as expressões contidas no texto. Antes disso, que tipo de texto é este? Não parece um texto oficial que necessite de revisão. É semelhante a uma pesquisa livre redigida por algum aluno da escola secundária. Pesquisa livre ou ficção? O conteúdo parece dissociado da realidade. Sim, um grande rio flui na Fábrica, e sim, há prédios para a lavagem de roupas. Mesmo assim, neles não habitam lagartixas ou cormorões. Não existem lagartixas se alimentando de resíduos da roupa lavada. Elas costumam comer insetos. Em locais quentes, deve haver até mesmo lagartos carnívoros de grande porte, mas nenhum que coma fibras têxteis e restos de detergente. Muito menos cormorões de um tipo encontrado apenas na Fábrica e coisas do gênero. De que adiantaria os funcionários capturarem cormorões? É pura invencionice, mas uma vez que tenho o texto em mãos, preciso fazer algo, corrigi-lo com marcações vermelhas ou entregá-lo, mas... Depois de refletir um pouco, pus a pasta de volta no envelope e o devolvi ao gabinete onde estava. Os envelopes não estão ordenados e uma outra pessoa poderá cuidar dele. Talvez tenha sido melhor não ter lido até o fim. Apenas acabei sonolento. Só me fazem ler coisas que dão sono.

No dia seguinte ao meu almoço com Furufue, o homem que encontrei na ponte com um crachá de cordão prateado no pescoço (confirmei que era prateado; um pesquisador é uma pessoa importante, mesmo que estude musgos), fui para o Anexo do Setor de Impressão debaixo de garoa. Encontrei Goto na porta. "Bom dia." "Bom dia." Pensei em agradecer pela folga no dia anterior, mas com um cigarro na mão ele saiu apressado sem sequer olhar para mim. Devia estar indo ao fumódromo para um dos cigarros da manhã. É um absurdo se afastar inúmeras vezes por dia de seu assento e subir as escadas para ir até o térreo onde está localizado o fumódromo. Salamandra fazia sua ginástica de flexões e extensões como todas as manhãs. Esta manhã, Gigante também já havia chegado e brincava com uma borracha no formato do Kinnikuman, o Homem Musculoso. "Bom dia." "Bom dia." "Bom dia." "Está chovendo, não?" "É, está chovendo." Pus o avental, me sentei e abri meu livro de bolso. O cheiro da chuva recendia cada vez que a porta se abria e alguém entrava. O líder chegou e cumprimentou Salamandra e a mim. Tirou o chapéu e o pendurou na Estação de Musculação antes de começar a beber um café em lata que deve ter comprado no caminho. "Ushiyama, o que fez ontem? Não cruzou a ponte?" "A ponte?" Salamandra reagiu à voz do líder e direcionou seu pescoço quase inexistente para mim e para o líder de forma alternada. "Ontem, Ushiyama tirou a tarde de folga, você sabe. Ela aproveitou a folga de meio dia para passear pela Fábrica!", disse o líder, olhando para mim sorridente. "Ontem estava um lindo dia para um passeio." "Vi a ponte e os pássaros!" Embora fossem pássaros pretos sem nada de especial e eles não tivessem me causado nenhuma emoção, disse isso achando que deveria fazer um relatório. "Havia muitos pássaros pretos, não é?" "Não deve ter sido interessante. São pássaros comuns. Depois que você partiu, fiquei um pouco apreensivo e arrependido por ter sugerido o passeio." "Cruzei a ponte pela primeira vez. Foi divertido. Quando terminei de atravessar, fui de ônibus até a saída do lado sul. A Fábrica é realmente vasta." "Você cruzou toda a ponte?", interveio Salamandra, com ar admirado. "Eu jamais conseguiria atravessá-la a pé!" "De fato. Porque é muito extensa, não? Quantos quilômetros terá? Ushiyama, quanto tempo demorou com as suas passadas?" "Não muito... pouco mais de uma hora... não chegou a uma hora e meia." Após cruzar toda a ponte, pudemos almoçar por volta das duas da tarde no restaurante okinawano, apesar de o horário do almoço já haver terminado. Tive a sensação de ter caminhado muito mais tempo. Embora fosse uma ponte enorme sobre um rio imenso e não pudesse vislumbrar toda a sua extensão, fui capaz de atravessá-la sem percalços. "Foi fantástico observar tantos pássaros, mais do que eu imaginava." "Realmente. Tem pássaros que não acabam mais!" Havia mesmo um número absurdo deles. Teriam alimento suficiente? "Mesmo assim, suas pernas não se cansaram depois de uma hora de caminhada?" "Não tive problema." "Como é? Você foi caminhando?", exclamou Itsumi, que como sempre chegou em cima da hora. "Você precisa usar bons sapatos! Mesmo que seja apenas uma caminhada, faz muita pressão sobre os joelhos e artelhos." Enquanto falava, ela prendia com um elástico os longos cabelos para cima, formando uma espécie de coque. A campainha tocou e pôde-se ouvir a voz de Goto na reunião matinal do Anexo do Setor de Impressão. Ao sair do restaurante okinawano, eu logo me separara de Furufue. Por sorte ele pagou a conta, e quando agradeci, ele riu agitando a mão diante dos olhos. Ele disse que caminharia um pouco mais por dentro da Fábrica antes de voltar para casa e eu lhe informei que tomaria o ônibus. Havia uma parada bem perto do restaurante e esperei menos de três minutos até o ônibus chegar. Na área sul, os prédios são todos baixos e visivelmente velhos e sujos. As árvores também são diferentes. Na área norte, elas crescem viçosas e frondosas durante todo o ano, mas na área sul estão visivelmente amareladas e murchando, ou de todo desfolhadas, e algumas são gigantescas. Nos canteiros de flores são cultivadas muitas plantas sem refinamento, como calêndulas e sálvias. Tive a sensação de que muitos pedestres e passageiros nos ônibus vestiam uniforme, poucos deles ternos, mas havia uma moça caminhando de brincos enormes e sapatos de salto alto. Quando ela subiu no ônibus, todo o interior recendeu a um perfume doce. Como o ponto final do ônibus circular era a saída sul, isso significava que ele parava em todos os pontos dentro da área sul desde a ponte, que constituía a entrada do lado sul. A moça de brincos desceu cautelosamente com seus saltos altos na parada Estação de Tratamento Oeste agradecendo ao motorista. Havia os pontos das Estações de Tratamento Oeste, Central e Leste; Laboratório; e Armazém nº X, entre outros. Devido ao grande fluxo de pessoas descendo e subindo, o ônibus parava com bastante frequência. Havia crianças de bermuda e idosos que claramente não eram trabalhadores, além de uma mulher de avental com jeito de dona de casa. Quando várias crianças com mochilas nas costas subiram no ônibus, as vozes de suas conversas cheias de saliva se espalharam por todo o interior. "Hoje é só meio período?", murmurou um homem de meia-idade vestindo uniforme. Ninguém respondeu e os estudantes nem sequer perceberam. Por sorte, eles logo desceram, mas o eco de suas vozes estridentes permaneceu nos meus ouvidos. O ônibus chegou ao ponto final na saída sul e desci agradecendo eu também ao motorista. Por um instante não entendi onde ficava a saída da Fábrica, mas segui várias pessoas que desceram junto comigo e caminhavam a passos rápidos em certa direção. Havia uma barreira e uma sala envidraçada semelhante a uma cabine de vigilância, onde um guarda batia papo com uma pessoa. Exigia-se o crachá para entrar, mas era desnecessário ao sair. Assim como sempre acontecia quando eu passava pela saída norte, o guarda fez um leve cumprimento com a cabeça, que retribuí ao sair. O *soki soba* não foi suficiente como eu imaginara e pensei em comer algo ao chegar em casa.

A chuva pareceu se intensificar desde que comecei a trabalhar. Ao pegar os papéis trazidos pelo TRANSPORTE, eles exalavam um cheiro poeirento de papel velho e de umidade da chuva. Pensando em ir lavar as mãos, subi as escadas, mas o banheiro estava fechado para limpeza. Como não era algo urgente, desci as escadas de volta ao subsolo e cruzei com uma mulher de meia-idade que sempre costumava conversar em voz alta no Anexo do Setor de Impressão. Ela carregava nos braços rotundos um daqueles pássaros pretos reunidos em grande número no rio no dia anterior, de asas abertas, como se ela lhe aplicasse uma gravata por trás. Com as asas estendidas, o pássaro não opunha resistência, mas movimentava levemente a cabeça para os lados, prova de que não estava morto. Espantada, eu parei, mas a mulher me ignorou e continuou a subir a escada. Depois de passar por ela, voltei a cabeça e vi as asas pretas do pássaro ultrapassando seus ombros. O que ela estaria fazendo? Por um tempo permaneci imóvel a ouvir o som da chuva cada vez que alguém abria a porta do andar térreo. Por que ela carregava o pássaro? O fato de ela estar subindo para o térreo significava que o bicho até aquele momento estaria na sala do Anexo do Setor de Impressão do primeiro subsolo? Onde dentro da sala ele estava? A escada se encontra às escuras, nem parece que é de manhã. Pensei em perguntar a Itsumi e por fim desci a escada. Ela não estava no Espaço das Fragmentadoras, mas conversava sorridente com outra mulher de meia-idade no Espaço de Impressão. Percebo a um canto do Espaço das Fragmentadoras uma sombra que poderia ser do líder sentado lendo o jornal ou de alguém virado para uma das máquinas. Podia ser Salamandra. Gigante estava de pé como se fosse a Estação de Musculação ou talvez fosse a própria Estação. Havia um boné sobre ela. Sem opção, pego folhas do meu contêiner e as enfio na fragmentadora. Absorta nessa tarefa, por um tempo esvazio minha mente. No instante em que insiro na máquina o último maço de folhas retirado de dentro do contêiner posto aos meus pés, eu havia me transformado em um pássaro preto. Vi as pernas das pessoas, seus braços. Vi uma massa cinza e a cor verde. Senti o cheiro das marés.

Edição brasileira publicada mediante acordo com Shinchosha Publishing Co., Ltd., Tóquio, representada por Tuttle-Mori Agency, Inc., Tóquio.

Grafia atualizada segundo o Acordo Ortográfico da Língua Portuguesa de 1990, que entrou em vigor no Brasil em 2009.

capa
Julia Masagão
ilustração de capa
Zansky
preparação
Fábio Bonillo
revisão
Jane Pessoa
Tomoe Moroizumi

Dados Internacionais de Catalogação na Publicação (CIP)

Oyamada, Hiroko (1983-)
A Fábrica / Hiroko Oyamada ; tradução Jefferson José Teixeira. — 1. ed. — São Paulo : Todavia, 2025.

Título original: Kōjō
ISBN 978-65-5692-756-5

1. Literatura japonesa. 2. Romance. 3. Ficção. 4. Thriller. I. Teixeira, Jefferson José. II. Título.

CDD 895.6

Índice para catálogo sistemático:
1. Literatura japonesa : Romance 895.6

Bruna Heller — Bibliotecária — CRB 10/2348

todavia
Rua Luís Anhaia, 44
05433.020 São Paulo SP
T. 55 11. 3094 0500
www.todavialivros.com.br

fonte
Register*
papel
Pólen natural 80 g/m²
impressão
Geográfica